KB089763

다시 줍는 시

상처와 함께 읽고 쓴 날들의 기록

다시 줍는 시

상처와 함께 읽고 쓴 날들의 기록

지은이　신나리
발　행　고갑희
주　간　임옥희
편　집　사미숙
펴낸곳　여이연
주　소　서울 마포구 월드컵로8길 72-5 4층
전　화　(02) 763-2825　팩스(02) 764-2825
등　록　1998년 4월 24일(제22-1307호)
홈페이지　http://www.gofeminist.org
전자우편　gynotopia@gofeminist.org

초판 1쇄 인쇄 2023년 1월 2일
초판 1쇄 발행 2023년 1월 3일

값 15,000원
ISBN 978-89-91729-45-2 03810

다시 줍는 시

상처와 함께 읽고 쓴 날들의 기록

신나리 지음

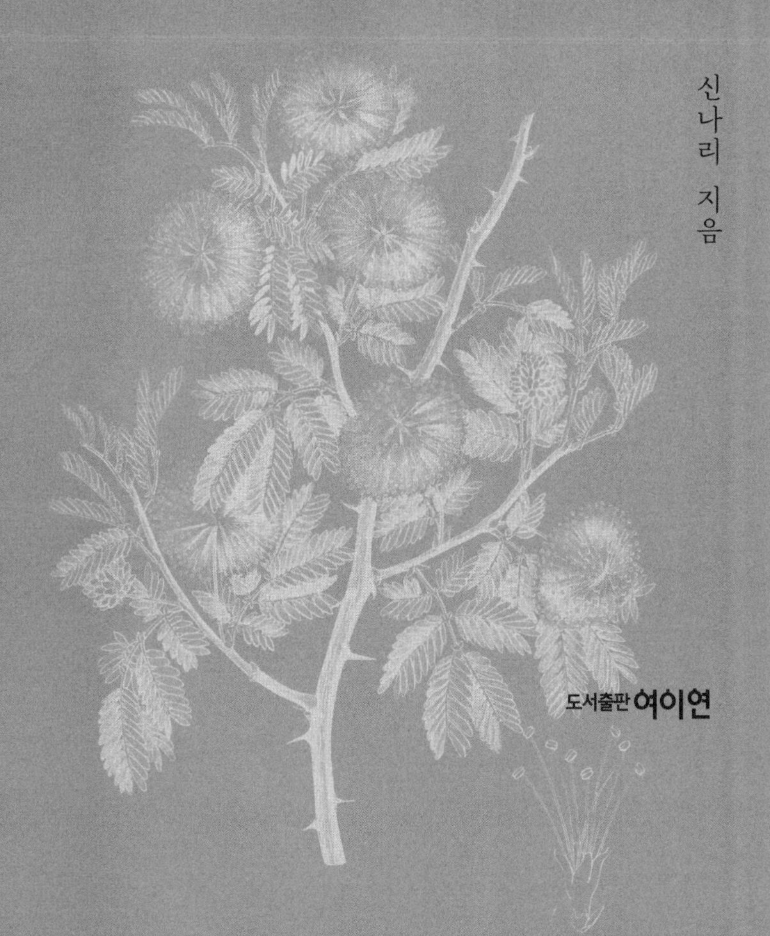

도서출판 여이연

목차

서문

한동안은 시를 읽지도 쓰지도 않았다. 시가 싫었다. 우스웠다. 대학원 석사 과정을 졸업하고 학원에서 일한 지 1년 반이 되어 가던 때였다. 그해 여름에 내내 비가 왔다. 나는 종일 집에 혼자 있었다. 시를 읽고 써보려 애쓰고 있었다. 너무 많이, 너무 오래도록 비가 오는 날이면 집이 흠뻑 젖었다. 나도 집과 함께 흠뻑 젖었다. 천장과 맞닿은 벽지가 조금씩 누레졌고 장판과 맞닿은 벽지에 곰팡이가 피어올랐다. 장판을 열면 벌레들이 우글거릴 것 같았다. 매일 그 작은 집을 미친 듯이 청소했다. 그래도 몸이 간지러웠다. 학원 강의실 벽에도 곰팡이가 생겨났다. 커지고 커져서 나와 학생들을 잡아먹을 것 같았다. 어떻게 해야 할까? 집으로 돌아오는 밤늦은 버스 안에서 생각하고 생각했다. 그만해야 할 것 같았다.

그만두는 일은 쉽지 않았다. 내 삶을 탈탈 털어 모든 걸 시로 써야만 할 것 같았다. 부모도 팔고 친구도 팔고 과거도 팔고 마음도 팔아서 써야지. 가진 것이 없었으므로 탈탈 털어도 나오는 것이 별로 없었다. 부모도 괴롭히고 친구도 괴롭히고 과거도 괴롭히고 마음도 괴롭혔다. '내가 이렇게 고통스러운데 어쩜 그렇게 무관심하니?', '나는 너를 전혀 사랑하지 않는데 너는 과거에 매여 내게 애먼 애정을 보내고 있어.' 평소 쥐고 살던 사람과 관계에 대한 집착을 극대화해서 삶의 곳곳을 문제적으로 만들었다. 굳이 만나서 상처를 주고 무책임하게 자리를 떴다. 두려워서 그랬다고 사과했다. 답이 없었다.

시를 폐기하기로 결정했다. 아침에 일어나 토익 인강을 듣고 점심 먹고 컴퓨터 학원에 가 자격증 수업을 들었다. 학원 근처 스터디 카페에 가 종일 자격증 시험을 준비했다. 살 것 같았다. 다른 사람들처럼 평범하게 월급 받고 월급 쓰며 살 수 있을 거라는 생각에 안심이 됐다. 그때에도 온종일 비가 오는 날들이 계속되었다. 스터디 카페로 올라가는 계단 위 천장에서 물이 똑똑 떨어졌다. 나는 떨어지는 물방울을 피해 계단을 올라갔다. 집에는 밤늦게야 들어가 잠만 잤다. 학원을 그만두고 퇴직금을 받기 위해 노동청에 갔다. 시는 읽지 않았다. 쓸 수도 없었다. 시가 없이도 삶은 잘 굴러갔다. 시간이 나면 무조건 동영상을 봤다. 스스로에게 생각할 틈을 줘서는 안 된다는 걸 알고 있었다.

그 여름에서 겨울로 가는 기간 동안 죽음 같은 날들이 이어졌다.

몇 가지 결정을 내렸다. 대학원 박사 과정에 들어가 학위를 따고 취직해야겠다고 생각했다. 다시 시를 공부할 수는 없었다. 이동하기로 결정했다. 나는 지금껏 세상에 보탬이 되지 않는 일만 해왔으니까 나를 구부려서라도 세상에 보탬이 되는 일을 해야겠다고 생각했다. 내가 세상에 보탬이 되지 않는 일만 해왔다는 사실이 나를 오랫동안 찌르고 있었다. 나는 이게 다 시 때문이고 시를 함께 읽자던 동료들 때문이고 나를 발견해 준 선생님들 때문이라고 생각했다. 그리고 여전히 나 때문이었다. 내가 나를 망친 것이다. 내가 나를 여기까지 망쳐놨다.

시를 다시 읽게 된 건 새로 취업을 하고 대학원 과정에 입학하고 한참이 지난 후였다. 가슴이 답답했는데 가슴을 여는 방법을 몰라 시를 읽어 본 것이었다. 쓸 수는 없었다. 생각을 하지 못하도록 스스로를 막아 놓은 기간이 오래돼서였다. 이미 나는 과거와 다른 방식으로 구조화되어 있었다. 새로 시작한 공부는 낯설고 어려워 절망스러웠다. 새로운 장에서는 지금껏 쌓아 온 자원을 쓸 수 없었기에, 두 손 두 발이 묶인 채로 줌 화면 앞에 무기력하게 앉아 있었다. 어느 날 쓰레기를 버리러 나가다가 문득, 밥벌이 못하는 인간을 그런 일만 좋아하는 인간을 이토록 쓰레기 취급하는 세상이 아니었다면 나는 다른 선택을 할 수 있지 않았을까 생각했다.

나는 잘 구부러지지 않아서 나를 구부리는 건 쉬운 일이 아니었다. 고집을 꺾고 새로운 가치를 중요한 것으로 여기게 만드는 일은 쉽지 않았다. 충동적으로 세차게 올라오는 쓰고자 하는 욕망을 막는 것도 어려웠다. 아직 시를 쓰는 친구와 통화를 할 때면 교묘한 방식으로 시를 쓰는 사람들을 조롱하고 비난했다. 별거 아닌 일상과 감정을 낭만화해 시로 만드는 게 유난스럽고 우습다고 했다. 자기 몰입이 아니라 매몰이며 자기 세계가 아니라 유치한 나르시시즘의 결과물 아니겠냐고 했다. 친구는 내 말을 듣기 힘들다며 전화를 끊었다. 자기를 여즉 그렇게 생각해 온 것이냐며 너무 마음이 아프다고 메시지를 보냈다. 내가 그토록 가혹하게 생각해 온 것은 나 자신이었다. 죄과를 친구에게 뒤집어씌워 그 세계를 나로부터 멀리 두려고 잔인한 말을 한 것이었다. 시를 떠나서도 나는 망가져 있었다.

이 책을 만드는 과정은 내가 시와 관계 맺었던 날들을 돌아보는 시간이 되었다. 나는 세상 어떤 것보다 시를 사랑했다. 사랑은 사람을 살리지만 사람의 마음을 아프게 하기도 한다. 시는 별 볼 일 없는 일상을 아름다운 풍경으로 채색해 주었고, 사람과의 관계에 대해 생각하고 상처받은 마음으로부터 통찰을 엮어 나가게 해 주었다. 시는 나를 세상 그 무엇과도 관련 없는 개인으로 존재하게 했다가도, 나를 90년대생 청년 여성 퀴어로 세상 한 곳에 붙박아 놓았다. 시는 내가 여성들의 고통을 경청하고 여성들의 고통을 사유하도록 만들었다. 시는 내가 심심할 때, 외로울 때, 죽고 싶을 때 곁에 있어 주었다. 내가 슬픔을 삼킬 때 함께 삼켜 주었다. 시는 내가 실패를 두려워하지 않고 사랑에 헌신하도록 해 주었다. 스스로를 이동할 수 있는 사람이라고 믿고 결국은 어디론가 이동하게 만드는 데 뒷배가 되어 주었다.

시는 나를 아프게 했다. 나의 마음을 끝도 없이 들쑤셨다. 내가 나를 망가뜨리는 데 일조했다. 시는 내가 나를 쓰레기 취급하도록 했다. 시는 나를 자유롭게 살게 해 주었으나 자유와 불안은 한 쌍이었다. 자유와 불안 사이를 위태롭게 걸어 다녔다. 자주 불안에 잡아먹혔고, 슬픔에 빠져있었다. 거기서 나를 건져 올린 것도 시였다. 나는 시가 인식론이 되는 세상을 꿈꾸었다. 시가 세상을 아름답게 하고 사람을 자유롭게 한다는 것을 내가 경험했기 때문이다. 세상의 손아귀와 지긋지긋한 아집 사이에서 화살을 어디로 겨눌지조차 모르는 인간을, 자기 부정과 자기 정당화 사이에서 오도 가도 못하는 인간을 시가 있는 그대로 숨 쉬게 해 준다는 걸 몸으로 경험했기 때문이다. 시는 사람의 마음을 아프게 해도 결국은 사람을 살 수 있게 해주는 존재란 걸 믿었기 때문이다. 아직도 난 그걸 믿는다.

믿지 않았다면 이 책을 쓰지 않았을 것이다. 시가 좋은 것이라고 믿지 않았다면 절대 세상에 책을 내놓지 않았을 것이다. 그것만큼은 약속할 수 있었으니까. 이 책의 원고는 2017년 12월부터 2019년 4월까지 여성생활웹매거진 <핀치>에서 연재했던 글을 초고로 두고 있다. 많은 부분 다시 쓰고 조립해 세상에 내놓는다. 2016년 문단 내 성폭력 이후 언어를 잃고 방황하던 나는 <핀치>의 편집자와 독자들이 보내 준 힘으로 다시 시를 읽고 쓸 수 있었으며 마음을 하나씩 주울 수 있었다. 우리가 마음을 주울 수 있었던 데는 우리에게 시를 보내 준 시인들이 있었기 때문이라고 생각한다. 상처받은 우리 곁에 가만히 서 준 시인들에게 고맙다. 이 책을 통해 깨진 마음을 오랫동안 바라보느라 눈이 충혈되고 머리가 하얗게 센 사람들을 만나고 싶다. 나랑 같으니까, 나랑 다르니까. 사람들과 친구하고 싶다. 그리고 친구들에게, 내가 가진 가장 좋은 것을 주고 싶다.

01

보리차가 끓는 시간

문을 닫는다

보리차를 끓인다

밤은 어떻게 보리차를 맛있게 하는가

너는

간밤에 혼자

눈 쌓인 공원을 산책하고 돌아온

영혼의 언 발을 녹이는 중이다

김현, 「기화」 중에서

엘라이자는 저녁 9시에 일어난다. 시계의 알람을 끄고 욕조의 물을 채운다. 부엌으로 가 냄비에 물과 달걀을 넣고 가스 불을 켠다. 달걀 타이머를 돌려 욕실에 두고 욕조에 들어가 자위를 한다. 토스트와 달걀을 종이봉투에 담는다. 반쪽은 접시에 담는다, 친구 자일스의 몫이다. 달력을 뜯고 달력 뒤에 쓰인 하루의 글귀를 읽는다. 구두를 골라 구두를 반들반들하게 닦는다. 옆방의 자일스에게 음식을 건네고 잠깐 이야기를 나눈다. 두 사람은 춤과 음악을 좋아한다. 그리고 출근하는 길, 버스 차창에 모자나 머플러를 얹고 머리를 살짝 기댄다. 비가 오는 날이면 물방울들이 흐르는 모양을 바라본다. 언제나 조금씩 지각한다. 친구 젤다가 그를 기다리고 있다.

영화 <셰이프 오브 워터: 사랑의 모양>(2018)의 주인공 엘라이자의 일상이다. 반복적으로 그려지는 엘라이자의 일상은 그가 얼마나 고귀하고 존엄한 사람인지를 드러낸다. 자신의 일상을 꾸리고 지켜나가는 사람, 이를 통해 삶을 지속하고 견뎌내는 사람. 어느 날 엘라이자는 누군가와 사랑에 빠진다. 그는 사랑하는 이에게 자신의 식사를 나누어 주고 자신이 좋아하는 음악을 들려준다. 엘라이자의 일상이 누군가의 존재와 만나 깊어지고 확장하는 가운데 사랑은 태어난다. 그가 자위를 하던 욕조의 물, 달걀을 삶던 냄비의 물, 차창에 기대어 바라보던 빗물. 일상을 이루었던 물방울들은 엘라이자가 누군가와 감정과 욕망을 주고받고 자신의 사랑을 거침없이 끌어가는 시간 속으로 흘러들어 간다.

시인 김현의 작품 「기화」는 눈을 맞고 돌아온 '너'의 등을 비추며 시작한다. 기화, 액체가 기체로 변하는 현상. 너의 등에 쌓여있던 눈송이가 기화한다. '나'는 문을 닫고 보리차를 끓인다. 네가 젖은 옷을 말리기 위해 발가벗은 몸이 되어 '영혼의 언 발'을 녹이고 있다. '영혼의 언 발'은 누구의 것일까, 보리차를 끓이던 나의 발, 공원에서 돌아온 너의 발, 혹 어느 틈엔가 우리 집을 방문한 낯선 영혼의 발인 것 같기도 하다. 보리차의 물방울이 날아가는 순간과 언 발의 물방울이 날아가는 순간이 교차하면서, 두 사람은 영혼이 아늑해지는 것을 느낀다. 일상이 교차하며 사랑이 머물고 그로 인해 영혼이 따뜻해지는 장면은, 시를 읽는 우리의 영혼까지 그 밤으로 불러들여 위로한다.

이어 나는 "모든 순간을 연다" 그런데 그곳에는 "네가 없다" 수면양말 속 발가락을 어루만지던 기분만이 영원히 남아 있다. 일상으로 돌아가 나는 다시 보리차를 끓이고 물방울이 또다시 기화하는 가운데 우리 집에 문득 누군가 방문한다. 겨울밤 공원을 산책하고 돌아온 영혼이 문을 두드린 것이다. 나는 영혼을 맞이하여 함께 보리차를 나눈다.

시의 마지막 부분에서 나와 마주하고 있는 낯선 영혼을 우리 독자들이라고 상상해 보면 어떨까. 시인이 열어 둔 낯선 영혼의 자리에 당신이 가 앉아 보면 어떨까. 이제 "모든 순간을 연다/네가 없다"라는 구절은 다르게 들린다. 시인은 우리 각자가 겨울을 견디며 가까스로 언 발을 녹이던 순간들을 열어젖힌다. 꽁꽁 언 겨울밤은 신비롭고 따뜻한 밤으로 열린다. 물방울이 녹아 날아가는 자리는 나와 너의 경계가 사라지고 우리의 영혼이 들어앉는 자리가 된다. 그리고 그러한 우리의 삶에 누가 "똑똑똑" 문을 두드릴 때, 우리는 낯선 영혼을 맞이하고 그 영혼의 등에 얼굴을 쑥 집어넣을 수도 있겠다.

올해 겨울은 기억에 남을 것 같다. 세상에 태어나서 이렇게 길고 추운 겨울은 처음이었으니까. 처음엔 이렇게 날씨가 이상한 나라에 산다는 것이 짜릿하고 특별하게 느껴지기도 했는데 그런 기분은 잠깐이었다. 계속되는 겨울은 나를 지겹고 짜증이 나게 했으며, 눈비가 섞어치는 날이면 우울하게 만들었다. 또 겨울이 얼마나 잔인한 계절인지는 충분히 아니까. 아침에 일어나면 간밤에 누가 얼어 죽지는 않았는지 걱정이 되었다. 그랬던 겨울이 드디어 끝을 보이고 있다. 날이 따뜻해지고 밝은 낮이 길어진다. 궁금해진다. 사람들은 어떻게 이번 겨울을 견디며 지냈을까.

나는 저녁마다 호수를 보러 공원에 갔다. 귀에 이어폰을 꽂고 호수 주변을 빙빙 돌았다. 영원히 녹지 않을 것처럼 호수는 얼어 있었다. 매일 아침 깨어나 하루를 살아내고 매일 저녁 호수를 찾아가자 호수는 결국 녹았다. 지난밤 드디어 물이 되어 흐르는 호수를 보았다. 아무도 없던 호수에 이제 사람들이 함께 모여 맥주도 마시고 따뜻한 얼굴로 웃고 떠들고 있었다. 나는 따뜻한 영혼들 사이를 걸었다.

엘라이자를 보며 일상을 가꾸고 지속해 나가는 존재의 아름다움을 느낀다. 일상의 모양을 변화시켜 다른 존재와 나누는 가운데 사랑이 탄생하는 경이를 본다. 김현의 시를 읽으며 내가 보리차를 끓이고 네가 언 발의 영혼을 녹이는 순간이 있을 때, 이불 속 서로의 발가락을 어루만져 주는 사랑의 순간이 있음을 생각한다. 일상이 겹치는 순간 사랑이 머물고, 그 사랑의 여운을 간직할 때 또 다른 사랑을 맞이할 수 있다는 것. 김현의 시는 날아가는 물방울들 속에서 우리가 함께 교차하는 따뜻하고 신비로운 미래를 그려낸다.

김현

「기화」

『입술을 열면』(창비, 2018)

02

청춘이라는 시

청춘은 다 고아지. 새벽이슬을 맞고 허공에 얼굴을 묻을 때 바람은 아직도 도착하지 않았지. 이제 우리 어디로 갈까. 이제 우리 무엇을 할까. 어디든 어디든 무엇이든 무엇이든.

이제니, 「발 없는 새」 중에서

대학 시절 대부분의 시간을 시네마테크에서 살았다. 학생들이 자체적으로 운영하는 영화관이었다. 온통 푸른색인 영화관 뒤편에서 영화 잡지 『키노』나 『씨네21』을 읽거나 쪽방에 들어가 오래된 비디오를 보았다. 대학이라는 낯선 환경이 주는 아득함과 마음 붙일 사람이 없는 쓸쓸함으로 늘 우울하고 불안했으며 그 상태로 오래 부유하고 있었다. 그래서 어둡고 작은 쪽방에 웅크리고 있을 때면 조금 더 안전하고 온전해지는 느낌이 들었다.

아름다운 것을 좇으며 취향을 만드는 일에 몰두했다. 예민한 감각으로 무용한 비유를 사용해 쓴 시들을 좋아했다. 세상 모든 것이 몸으로 느껴졌고 감각과 정념을 종이에 옮기고픈 열망에 시달렸다. 내 존재와 현실 세계가 유리되어 굴러가는 듯한 비현실감에 사로잡혔다.

그것은 늘 약간의 죄책감으로 이어졌다. 아름다움에 미치는 일은 삶과 사람에 대한 판단을 최대한 유보하도록 만들었다. 문단 내 성폭력 해시태그 운동이 시작되었을 때 어리석고 불투명한 가치관의 청춘 시절을 찢어버리고 싶었다.

지금 생각해 보면 그 시절 왜 그렇게 죽고 싶었는지 모르겠다. 모두와 작별하고 영원히 사라지는 상상의 반복. 오늘 죽어도 상관없다는 태도. 무책임하고 그러므로 불안하며 덕분에 자유로운. 그 시절 사랑하던 왕가위의 영화 <아비정전 Days Of Being Wild>(1990)에서 장국영은 읊조린다. "발 없는 새가 있다더군. 늘 날아다니다가 지치면 바람 속에 쉰대. 평생에 꼭 한 번 땅에 내려앉는데, 그건 바로 죽을 때지…."

시인 이제니는 장국영의 얼굴에서 청춘을 읽는다. '발 없는 새'라는 제목 아래 청춘 시절을 스케치한다. 청춘, 이곳저곳을 떠도는 고아 같은 존재. 이 시의 초반부는 읽는 이가 계속 입으로 외도록 하는 힘이 있다. "청춘은 다 고아지. 새벽이슬을 맞고 허공에 얼굴을 묻을/때 바람은 아직도 도착하지 않았지. 이제 우리 어디로 갈까./이제 우리 무엇을 할까. 어디든 어디든 무엇이든 무엇이든./청춘은 다 고아지. 도착하지 않은 바람처럼 떠돌아다니지."

사랑하고 미워했던 나의 옛 얼굴과 이제니가 스케치하는 청춘의 얼굴을 겹쳐 보는 일은 시를 더 깊이 읽을 수 있게 해 준다. 청춘은 옷깃에서 떨어진 단추를 생각하며 자신을 떠난 사람을 떠올린다. 사라진 단추의 자리는 상실의 자리가 된다. 사라진 단춧구멍으로 바람이 들락

날락 너와 나의 사이를 오간다. 청춘은 바람결을 느끼며 슬픔으로 부푸는 가슴과 제멋대로 터지는 울음을 참지 못한다. 그러면서도 또 사랑할 사람을 찾는다.

구체성이 결여된 삶에도 피로는 쌓인다. 질감과 부피 없이 날아오르려는 몸을 붙들고 기대어 쉴 만한 작은 공간을 찾는다. 청춘이 고른 사각의 모퉁이는 나무로 만든 작은 관. 청춘은 관에 몸을 누이고 꿈 같은 잠을 자리라, 잠 같은 꿈을 꾸리라 소망한다. 꿈과 잠의 경계가 희미해지며 삶과 죽음의 경계도 희미해진다. 꿈과 잠을 반복해 겪듯 삶과 죽음을 반복해 겪는다. 표류하는 가운데 존재는 탄생한다.

청춘은 자신의 온도를 짐작할 수 없다. 청춘은 짐작할 수 없는 침묵, 온도, 높이 속에서 한없이 헤맨다. 다다르지 못한 온도를 노래하는 일은 어렵고 괴로워 말을 아끼고 싶지만, 존재 속에 응축된 불가능은 시가 되어 튀어나오고야 만다. 불안은 증식하고 높이는 종종 깊이로 오인된다. 청춘은 헛된 비유와 소용없는 문장들을 받아 적는다. 이제니의 청춘은 걸어 다니는 시다. 질문으로 가득한 내부다.

이토록 고단한 삶에서 그 자체로 시가 될 수 있는 시절을 지나왔다는 건 축복이다. 재미있는 건 청춘 시절이 아득히 멀어진 후에야 그 시절에 대해 기록할 수 있다는 것. 청춘 시절에 머물러 있는 자에게 청춘 시절은 통찰하여 그려내기 어려운 대상이다. 이제니도 청춘 시절을 지나 「발 없는 새」를 썼으리라.

덧붙여 「발 없는 새」에는 "청춘은 다 고아지."라는 문장이 반복

되는데, 이는 시편 「고아의 말」과 연결되는 것처럼 보인다. "이 슬픔을 따라가면 고아의 해변"이라는 문장으로 시작해, "이 말들을 따라가면 다시 고아의 해변으로"라는 문장으로 끝나는 시. 청춘이 머물던 해변의 땅을 좇아가 보는 것도 이제니의 「발 없는 새」를 풍요롭게 읽기 위한 하나의 방식이 될 수 있겠다.

이제니

「발 없는 새」
「고아의 말」

『아마도 아프리카』(창비, 2010)

03

괴팍하고 사랑스러운 당신

마실 물도 없는 식은 김밥이 너무 날카로울 뿐이다

어둠이 더 짙어져 김밥과 허공이 구분이 안 갈 뿐

이다

김경미, 「김밥의 세계」 중에서

벌써 한 시간을 늦었다. 저녁 8시부터 시작이라던 송년회는 사람들끼리 모여 먹을 것을 준비하고 인사와 농담을 나누는 가운데 이른 7시부터 시작되고 있었다. 사람 빽빽한 지하철을 타고 강풍을 뚫고 걸으며 문 앞에 도착할 때까지 내 머릿속 생각은 단 하나였다. '아, 가기 싫다.' 나는 파티 피플이 아니다. 다수의 사람과 적당한 관계를 맺고 어울리는 일보다 아주 가까운 소수의 친구와 만나는 일이 좋다. 혼자 있는 건 더 좋다. 또 냉소적이고 비관적인 사고방식의 소유자라 사람들이 얼추 긍정하고 편입해 살아가는 세상의 질서와 구조에 불만이 참 많다. 문제는 타인과 세상뿐 아니라 나 자신과도 잘 지내지 못한다는 것이다. 나는 나의 복잡하고 모순된 지점들을 충분히 긍정하고 사랑하는 일에 어려움을 느낀다. 늘 갈등하고 번뇌한다.

자신을 어떻게 인식하느냐는 사람의 큰 부분을 결정짓는 것 같다. 이런 내가 꽤 특별해 보여서 좋다가도 이런 내가 꼴같잖아서 싫다. 스스로에 대한 생각에 골몰해 있다 보면, '으악, 이게 바로 현대 사회의 자아 과잉이구나.' 싶어서 넌더리를 치기도 하고, '존재에 대한 고찰은 나의 특기이자 재능인데 뭐 어쩌란 말이냐?' 싶기도 하다. 궁금하다. 어떻게 하면 공포와 허세 없이 나 자신을 직면하는 동시에 세상, 타인과의 소통으로부터 나를 알아갈 수 있을까. 어떻게 하면 혐오와 집착의 늪으로부터 빠져나와 내가 나를 균형 있게 떠안을 수 있을까.

시인 김경미는 세상, 타인과 불화하는 가운데 자신을 직면하여 거침없이 그려내는 데 선수다. 자신에 대한 사랑과 증오 사이에서 줄타기하면서도 결국은 자신을 견뎌내고 지켜낸다. 시집 『밤의 입국 심사』에는 그가 싸움의 고수가 되기까지 겪었던 고난과 분투의 시간이 담겨 있다.

시집의 첫 장을 열면, 놀라지 마시라, 시인은 무려 지구와 싸우고 있다. 그는 지구라는 별에 불시착했다고 생각한다. 삐뚜름히 서서 하늘을 바라보며 지구가 자신을 환영한 일과 쓰레기 취급한 일을 헤아린다. 완전한 냉담과 절망도 그렇다고 영원한 축복과 사랑만을 주지도 않은 지구. 그는 지구와의 관계를 난감해하며 말한다. "처음부터 위기에 묶어두는가." 시인은 세상을 낯설게 보고 불편하게 감각해 나간다. 새소리와 등산복을 싫어하고 기차와 유리창을 근사하게 여긴다. 세상과 관계 맺으며 자신의 특별하고 뚜렷한 주관을 펼친다. 이처럼 세상을 이상하게 여기는 일이 도리어 자신의 이상함을 드러내더라도 말이다.

문제는 역시 사교다. 시인은 타인과 관계 맺는 과정에서 타인과의 다름에 당혹스러움을 느끼고 움츠러들고 조금씩 뭉개진다. 상처받고 부러진다. 타인이 이상한 것이 아니라 자신이 이상하며, 타인이 괴팍한 것이 아니라 자신이 괴팍하다고 여기게 된다. 이제 사람들이 모인 자리는 공포가 되고 사람들의 눈빛은 폭력적으로 느껴진다. 화살을 스스로에게 돌린다. 적당히 어울리지 못하는 자신을 미워한다. 그렇다고 해서 타인을 피하거나 등지는 것도 아니다. 완전히 타인과 절연하는 사람도 못 되는 것이다. 사교와 고독 사이를 뒤틀린 채로 [illegible]. 그러나 찢어져 버린다.

시인은 자신을 긍정하거나 사랑하는 일에 처절히 실패한다. 애초에 삐뚜름히 서서 하늘을 바라본 게 잘못이라고. 마음속 어둠을 찾아 응시하고 거기서 불꽃이 터지기를 기다렸던 게 죄라고. 그 모든 행동이 자신을 망쳤다고 울부짖는다. "이제 더는 못하겠다 나는 완전히 틀려먹었다/탄광이 비었을까 봐 더는 지하 갱도로/내려가지 않는다 여기 어둠을 발견했다고 기뻐 소/리치지/않는다 그토록 자주 소리치던 검정이었는데//정말이지 더는 못하겠다 낯선 라벤더밭에서 머리/를 수그린다" 괴짜처럼 굴다가 내가 나를 망쳤다고, 나는 특별하거나 가치 있거나 꽤 믿을 만한 존재가 아니었다고.

그러나 시인은 자신을 포기하지도 변화시키지도 않는다. 부서지고 찢어진 존재의 조각들을 모두 모아 종이에 쓴다. 세상에는 초대받지 못한 불청객도 있다고, 정원의 파티에서 사람들이 케이크 자르고 포도주 마실 때 깜깜한 방에서 차가운 김밥을 씹어 넘기는 사람도 있다고. 김밥이 목에 자꾸 걸려도 물 마시러 못 나가며 느꼈던 자괴감과 수치심 그리고 외로움과 슬픔을 늘어놓는 일에 거침이 없다. 그렇게 끝까지 김밥을 씹어 넘길 때, 먹고 있는 모양새를 줄줄 시로 써낼 때, 그의 고통은 하나의 세계가 된다. 뭇 싸움의 고수들이 그러하듯 그 역시 위트와 시니컬을 잊지 않는다. 「김밥의 세계」는 읽는 내내 웃기다. 고통스럽고 슬프지만 공감되고 웃기는 걸 어떡해!

김경미는 그렇게 김밥의 세계를 창조한다. "어두운 게 극장 같지만 극장은 아니"던 깜깜한 어둠 속에서 당신이 이 시를 읽고 웃픈 표정을 지어 준다면, "화면 속 연기에 충실하듯" 그는 또 김밥을 씹어 넘길 것이다.

김경미

「지구의 위기가 내 위기인가」
「탄광과 라벤더」
「김밥의 세계」

『밤의 입국 심사』(문학과지성사, 2014)

04

어른의 세계를 사랑하는 일

근데 나 언제부터가 어른일까

그때다 이때다 불어주는 호루라기

그런 거 어디 없나 그런 게 어디 있어야

돌도 놓고 돈도 놓고 마음도 놓는데

김민정, 「'어른이 되면 헌책방을 해야지'」 중에서

대학 다닐 때 몇 선생님들을 선망하고 좋아했다. 철학과 수업을 들으면서 특히 그랬다. 멋진 청바지를 입고 은빛 머리칼을 날리며 우리가 타자를 어디까지 받아들일 수 있을지 가능성에 대해 이야기하시는 걸 듣는 게 좋았다. 공부하는 일은 늘 사람을 겸손하게 만드므로 계속 공부하고 싶으시다고 했다. 나도 그런 사람이 되고 싶었다. 읽고 쓰는 일을 지속하면 삶과 사람에 대한 이해와 애정이 더 넓고 깊어질 수 있을 줄 알았다. 좋은 사람이 되고 싶어서 대학원에 간다는 내 말을 듣고 아빠가 말했다. "대체 그게 무슨 소리야?"

음… 나는 좋은 사람이 되는 일에 실패했다. 석사 과정을 졸업하면서 그 사실을 받아들였다. 인문대 대학원에서의 공부는 또 하나의 경쟁 트랙에 올라가는 일이었고 거기선 좋은 마음으로 읽고 쓸 수 없었다. 마음이 점점 상하는 게 느껴졌고 존재 자체가 변해가는 게 느껴졌다. 나에게 시급한 것은 어떤 사람이 되려고 노력하는 일보다, 지금의 상해버린 나를 돌보는 일임을 깨달았다. 물론 크고 작은 사건들로 내가 좋은 사람이 될 수 없다는 사실도 여러 차례 확인하게 됐다. 당시 아빠는 어이없다는 표정으로 나를 보며 말했다. 그런 이유로 대학원에 가는 사람은 없으며 좋은 사람이 되기 위해선 평생에 걸쳐 노력해야 한다고.

어디에도 소속되지 않은 채로 한참을 지냈다. 책도 읽지 않고 공부도 하지 않았다. 어느 날 길을 걷다가 생각했다. 좋은 사람이 되는 일에 대해 이토록 오래, 깊이 생각하는 사람은 실은 이 세상 누구보다 좋은 사람이 아닐지 모른다고. 결여를 가진 사람이 그 결여에 대해 평생 생각하게 되듯이. 김민정의 '어른'에 대한 이야기를 들으면서도 그런 생각이 들었다. 김민정은 지독하게도 자신이 어른에 못 미친다는 걸 느끼는 사람이구나. 사실 어른이 되는 일이란 얼마나 어려운가. 생활환경, 직업, 창의적 활동, 건강한 관계, 공동체의 마련뿐 아니라... 자기 관리와 마음 돌보기까지. 이제 나는 존경과 품위를 가진 사람을 보면 존경과 경의를 느끼는 동시에 발악하는 그의 바닥을 본다.

작품 「아름답고 쓸모없기를」에는 지지난 겨울 경북 울진에서 주웠던 돌에 대한 이야기가 흘러나온다. 시인은 돌을 한참이나 바라보며 돌의 쓰임에 대해 궁리하고 또 궁리한다. 시인은 어떤 존재를 끊임없이 들여다보며 그 존재의 쓰임을 생각하는 일을 사랑이라고 명명한다.

"돌의 쓰임을 두고 머리를 맞대던 순간이/그러고 보면 사랑이었다" 이처럼 아름답고 쓸모없는 돌들이 세상에서 어떠한 쓰임과 가치로 거듭날 수 있는지를 고민하는 일은, 시의 쓰임과 가치를 묻는 일이며 시를 쓰는 시인의 쓰임과 가치를 묻는 일이기도 하다.

작품 「'어른이 되면 헌책방을 해야지'」는 어른의 성립 요건에 자신을 견주어 보며, 자신의 존재를 바라보고 궁리하는 작품이다. 헌책방을 하기 위하여 시인은 책과 돌을 모아 놓았다. 책은 사람이 무엇을 원하는지 어떤 것을 끝끝내 포기할 수 없는지를 보여주는 존재다. 돌은 그러한 사람의 걸음을 멈추게 하고 숨을 돌릴 수 있도록 도와주는 존재다. 시인은 책으로 자신이 누구인지를 확인하고 자신을 유지해 나가며, 그러다 돌로써 멈추어 자신이 누구인지를 묻고 어떤 사람인지를 질문하며 살아간다. 시인은 책과 돌을 모으며 그렇게 더 나은 사람, 어른이 되고자 한다. 그러나 책과 돌을 모아 놓고 책장의 디자인까지 정해 놓았을 때, 시인에게는 어김없이 자신이 진정 어른이 맞는지 묻는 질문이 나타난다. "근데 나 언제부터가 어른일까/그때가 이때다 불어주는 호루라기/그런 거 어디 없나 그런 게 어디 있어야/돌도 놓고 돈도 놓고 마음도 놓는데"

어른의 요건을 하나하나 쌓아가다 보면 우리는 시인과 함께 알게 된다. 어른이 된다는 것은 불가능에 가까울 정도로 어렵고, 그러므로 어른이 되려는 사람은 평생토록 노력해야 한다는 것을. "어른은 어렵고 어른은 어지럽고 어른은 어수선해서/어른은 아무나 하나 그래 아무나 하는구나 씨발/꿈도 희망도 좆도 어지간히 헷갈리게 만드는데"
그럼에도 불구하고 김민정은 끈덕지게 어른에 대해 생각하고 어른이 되고자 노력한다. 어른으로부터 절실하게 어른됨을 배우면서 어른 아닌 사람에게 가차 없이 욕하고 침 뱉으면서. 그녀는 엄마가 된 동생으로부터 아이를 품는 포즈를 배우고, 부처 웃음 만개한 국회의원에게 경멸과 조소를 날린다. 그렇게 결국 그녀는 돌들을 손에 쥐고 헌책방 앞에 서게 된다.

좋은 사람이 되는 일, 어른의 세계를 사랑하는 일을 포기하기란 쉽다. 돌아서 잊어버리면 그만. 그런데 잊고 살다가도 가끔은 강의실 단상 위에 서서 세계와 타자, 글쓰기와 윤리에 대해 눈을 반짝이던 선생님 생각이 난다. 아름다운 것을 사랑하고 소중한 가치를 지켜나가기 위해서는 늘 노력해야 한다는 것을, 그때 선생님은 이미 알고 계셨을 것이다. 아름답고 쓸모없는 시편들을 읽어 내리며, 한없이 언니 같고 저 멀리 어른 같은 김민정으로부터 어른의 세계를 사랑하는 일을 돌아본다.

김민정

「아름답고 쓸모없기를」
「'어른이 되면 헌책방을 해야지'」

『아름답고 쓸모없기를』(문학동네, 2016)

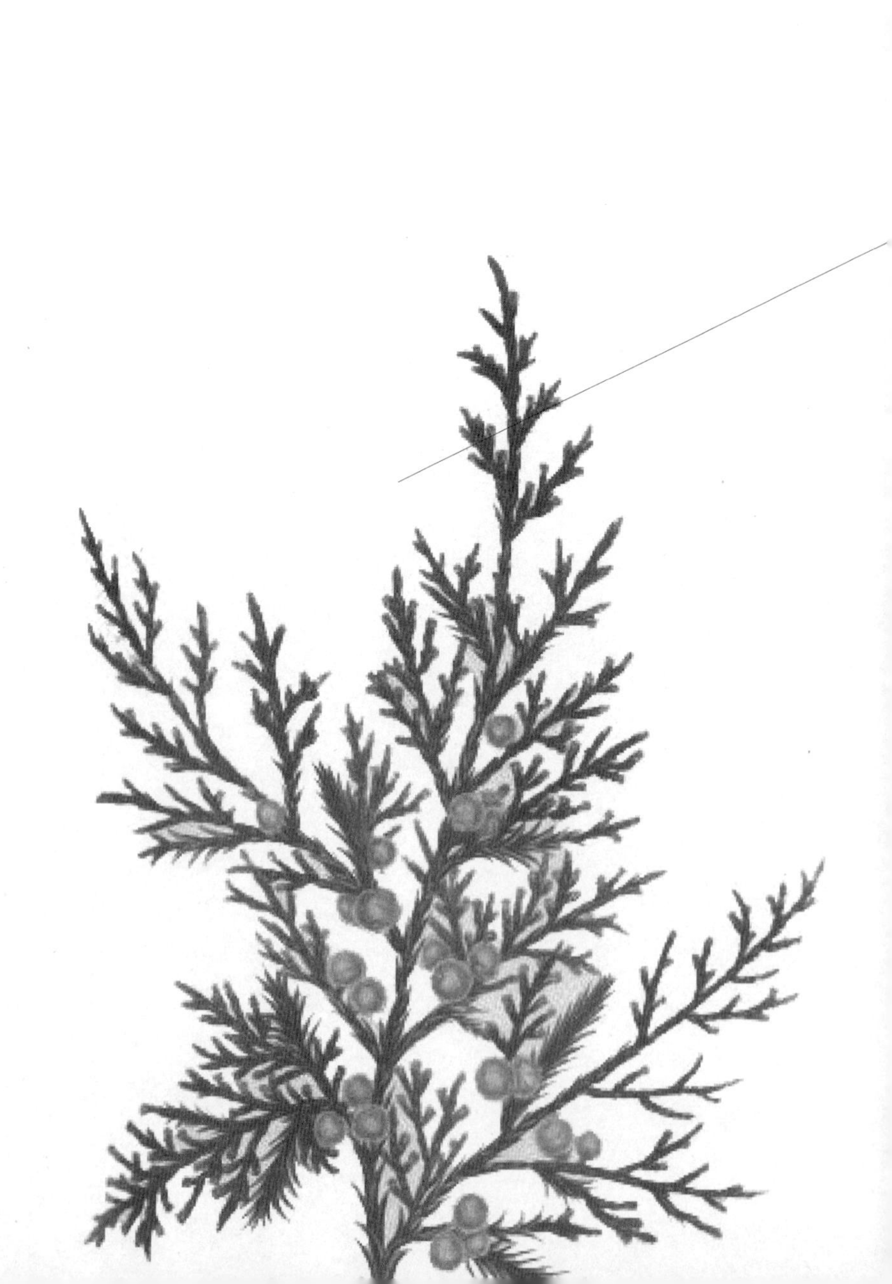

05

아름다운 세탁소에 대한 상상력

아름다운 세탁소를 보여드립니다

잔뜩 걸린 옷들 사이로 얼굴 파묻고 들어가면 신비의 아무 표정도 안 보이는

내 옷도 아니고 당신 옷도 아닌

이 고백들 어디에 걸치고 나갈 수도 없어 이곳에만 드높이 걸려 있을, 보여드립니다

위생학의 대가인 당신들이 손을 뻗어 사랑하는

나의 이 천부적인 더러움을

진은영, 「나의 아름다운 세탁소」 중에서

어림잡아 세 시간 정도 걸리는 것 같다. 가만히 앉아 순서에 맞추어 차를 마시는 데 걸리는 시간 말이다. 역시 나는 차보다 커피 쪽인 것 같아. 비가 부슬부슬 내리는 산장에서 가만히 차를 내려주는 친구를 보며 나는 말했다. 타이베이의 친구들은 주말 오후의 한때를 차 마시고 이야기 나누며 보내는 일에 아주 익숙해 보였다. 친구들은 자주 싱긋거리며 웃고 별것 아닌 이야기에 깔깔거리기도 했다. 나는 그들이 웃는 풍경, 보다 정확히 말하자면, 그렇게 긴 시간을 행복으로 채워 넣는 풍경을 구경하는 데 몰두하고 있었다. 그것이 내 삶과 너무나도 멀어서. 구경하면서 또 그들과 어울리면서 한참을 앉아 있었다. 오랜만에 굉장히 행복했다. 문제는 행복감과 동시에 당혹감이 밀려들어 왔다는 것이다.

음, 약간 체할 것 같았다. 낯선 '시간' 때문이었다. 언제 일어나지? 혼자 몰래 생각하며 주위를 둘러보았으나 친구들은 시간에 대한 생각 자체를 하지 않고 있는 것 같았다. 친구들은 하염없이 시간을 보내는 데 익숙해 보였다. 내가 이런 방식으로 시간을 써 본 적이 있던가. 나는 서울에서 분 단위로 시간을 쪼개어 쓰는 사람이었다. 아주 대단한 일을 하는 것도 몹시 바쁜 것도 아니었지만 항상 그랬다. 어느 날부턴가 아침 7시면 눈을 떴고 종일을 계획에 따라 움직였다. 사람들과 만나더라도 많은 시간을 쓰지 않았다. 끼니때 잠깐 만나 밥을 먹었고, 여유가 좀 있는 날이면 차까지 마시고 헤어졌다. 당연히 술자리는 잘 가지 않았다. 밤늦게까지 시간을 쓰면, 다음날 움직이는 데 피로했기 때문이다.

아득바득 시간을 확보했다. 아르바이트를 하고 공부를 하고 글을 쓰고 산책을 하며 모아 놓은 시간을 썼다. 종일을 열심히 보내고 자기 전 두 시간 정도를 아무것도 하지 않은 채 누워 있었다. 숨 쉬는 잠깐, 여러 가지 생각이 몰려들었다. 오늘 내가 잊고 하지 못한 일이 있나, 없나? 내일은 무엇을 해야 하지, 잘할 수 있을까? 이렇게 해볼까, 아니면 저렇게? 다른 한편 왠지 서러운 마음과 함께 이런 생각도 몰려들었다. 내가 왜 이렇게 살고 있지. 이렇게 사는 게 맞을까, 다르게 살 수는 없을까. 너무너무 힘들다. 누가 자꾸 뒤에서 밀고 있는 것 같다. 그러나 이런 생각들은 깊어지지도 마무리되지도 못한 채 불이 꺼지고 말았다. 얼른 자야 내일 또 일어나 열심히 살 수 있기 때문이었다.

불안이 지배하는 삶. 삶을 사랑하거나 뚜렷한 목표가 있어서가 아니었다. 삶에 별다른 애정이 없었고 이루고자 하는 목표도 없었다. 그럼에도 나는 삶을 있는 그대로 비워두는 일을 너무나 두려워했다. 삶의 공백이 내 존재의 무의미를 증명하게 될까 두려웠기 때문이다. 누군가의 노랫말처럼 아무것도 하지 않으면 아무도 아니게 되니까. 나는 아무도 아니게 되는 것을 두려워하고 있었다. 불안을 동력으로 삶은 미친 듯이 돌아갔다.

불안이 내 삶의 긍정적인 동력이 되었다고 볼 수는 없을까? 안타깝게도 아니었다. 불안은 내 존재와 삶을 잠식해 가고 있었기 때문이다. 불안은 내 존재와 삶이 아무것도 아닐 수 있다는 사실 자체를 견디지 못하게 만들었다. 불안은 '뭐, 좀, 무의미해도 괜찮아. 다들 나와 같은데, 그냥 살아가는 거, 할 수 있는 만큼 해 나가는 거 아니겠어?' 하고 이야기하지 않았다. 불안은 존재 증명과 인정 욕망을 추동했다. 나는 매일 발등에 촛농이 뚝뚝 떨어지는 기분을 느끼며 살아갔다. 발버둥 치는 방식으로 지속되는 삶은 나를 끊임없이 바깥으로, 바깥으로 밀어냈다.

스스로가 아무것도 아닐 수 있다는 두려움과 그로부터 비롯된 불안감으로 힘들 때마다 꺼내 읽는 시가 있다. 2012년은 참 다사다난했는데 그해부터 시를 쓰기 시작했으며 누군가를 사랑하기 시작했기 때문이다. 2012년에는 진은영의 『훔쳐가는 노래』가 출간되기도 했다. 잠시 한국을 떠나 지내게 된 내게, 함께 시를 배우던 사람과 내가 사랑하게 된 사람이 똑같이 진은영의 『훔쳐가는 노래』를 선물로 주었다. 함께 시를 배우던 사람은 시집을 건네주며 이렇게 말했다. "제가 중국에서 유학할 때, 너무너무 힘들었거든요. 진은영의 「나의 아름다운 세탁소」라는 시를 인쇄해서 책상 위에 붙여 놓고, 그걸 매일 아침 소리 내어 읽었어요. 그렇게 계속 살 수가 있었어요."

나를 살게 하는 게 뭘까. 어떻게 하면 나를 계속 살게 할 수 있을까. 「나의 아름다운 세탁소」는 이 질문을 품고 삶을 지속해 나간 사람의 아름다운 역사를 담은 이야기다. 날카롭게 울리던 할머니의 욕설을 뒤로하고 거리를 내달리며 사랑하던 동네 친구의 부드러운 손을 놓치지 않았던 일. 머리칼을 잘라 남편의 시곗줄을 샀던 아내와 아내를 위한 머리 장식을 사느라 시계를 팔아버린 남편의 크리스마스 이야기를 동생에게 물려주었으면서도, 가난한 청년과 결혼하겠다는 동생을 악쓰며 말렸던 일. 순수한 사랑을 열망하고 가난을 두려워하지 않기 위하여. 나의 사랑과 슬픔을 지켜내고 욕망과 어리석음과 싸우기 위하여. 계속 시 쓰기 위하여. 내 존재와 삶을 의문스러운 것으로 만드는 첫사랑 남자 친구와 아버지로부터 등 돌리지 않고, 내 생의 역사가 만들어낸 얼룩과 덜룩을 그들에게 내보이는 용기를 갖기 위하여.

이 이야기는 지금보다 덜 두려워하고 불안해하며 우리의 존재와 삶을 밀고 나가도 된다고 말해주는 것만 같다. 조금은 마음을 내려놓고 지내도 언젠가는 아름다운 세탁소의 역사를 가질 수 있게 될 것이라고. 살아 볼 만하다고, 아름다울 수 있다고, 조금 더 해보자고, 어떤 바람을 불어넣어 주는 것만 같다.

비 내리는 산장에서 고작 차 한잔을 마시는 데 체할 것 같았던 또 하나의 이유는 낯선 '행복감' 때문이었다. 그날 너무 오랫동안 행복했고 그건 마치 처음처럼 낯설었다. 행복이 찰나의 기분이 아니라 지속 가능한 상태가 될 수 있음을 간만에 느꼈다. 불안 속에서 삶을 견디며 지냈던 날들이 행복을 상상할 수 있는 힘을 잃어버리게 만들었던 것이다. 행복을 대하는 태도에도 훈련이 필요한 것이 아닐까 하는 생각이 들었다. 행복을 찰나의 기분으로 느끼고 망각하는 것이 아니라 행복하고 따뜻한 순간을 소중히 여기고 마음에 두어 그것으로 삶을 데우고 끌어나가는 훈련.

「나의 아름다운 세탁소」로부터 불어오는 바람은 불안을 잦아들게 하고 행복에 대한 상상력을 일깨운다. 지나온 삶에 긍지를 갖는 일과 앞으로의 삶에 희망을 꿈꾸는 일은 누구에게나 어렵다. 그러나 이토록 아름다운 시가 우리 곁을 지켜준다면, 차 한잔의 시간을 즐기고 웃고 떠드는 행복감을 만끽하며 살아갈 수도 있지 않을까. 다시 상상할 수 있도록, 이 시가 나와 당신을 밀어줄 것이다.

진은영

「나의 아름다운 세탁소」

『훔쳐가는 노래』(창비, 2012)

06

낯선 시간 속으로

우린 아직 아무런 말도 하지 못한 채 날이 기우는 것을 바라보고 있다

김이강, 「안개 속의 풍경」 중에서

얼마 전 일본 교토로 혼자 여행을 다녀왔다. 아무도 나를 모르는 곳을 걸어 다니며 푸른 바람과 함께 밀려오는 자유로움에 신이 났다. 여행 두 번째 날 저녁, 종일 걷느라 지친 몸을 이끌고 아케이드 상가 안쪽에 위치한 오래된 커피숍에 들어갔다. 커다란 원두 볶는 기계가 가게 앞에 놓여 있고 유리문을 열고 들어가니 목조로 된 건물이었다. 달콤한 프렌치토스트를 먹고 향 좋은 커피를 마시다가 문득 챙겨 온 시집이 생각나 펼쳐 읽기 시작했다. 순식간에 이 세계가 시로 가득 차는 듯한 느낌을 받았다. 오랜만의 여행으로 한껏 들떠 있던 나의 시간은 온데간데없이 말이다.

그때 내가 읽었던 시집이 김이강의 『타이피스트』였다. 김이강은 과거에 머물렀던 시간의 풍경을 시에 담아내는 작업을 한다. 영화나 음악처럼 작품을 통해 시간을 감각하게 만든다는 점에서, 그의 작품은 우리에게 특별하고 낯선 시적 경험을 선사한다. 김이강의 작품은 우리가 오직 현재만을 살아가는 것이 아니라, 과거의 어떤 풍경들과 함께 살아가고 있음을 느끼도록 한다. 어린 시절 공터를 바라보며 고독감을 느끼던 나, 잠든 연인을 바라보며 사랑과 그리움을 느끼던 나, 어떤 풍경을 바라보며 비현실감을 느끼던 나. 그의 시를 읽는 시간은 우리가 과거에 두고 온 '나'들이 현재의 내 곁으로 떠오르는 시간이 된다.

"나는 계속 상상하고 싶었다 모든 것을 동원했지만 잘 되/지 않았다 그 후로도 시계를 보았고 시간은 시계 바깥에서/집을 짓고 그런 곳으로 아이들이 한 명씩 옮겨지고 있는/날들" 오후 5시 44분, 작품 속 나는 홀로 옥상의 폐타이어 위에 앉아 해가 지는 것을 바라보고 있다. 옥상에서 뛰놀던 아이들은 엄마가 불러서 집으로 갔거나, 밥 짓는 냄새에 이끌려 집으로 돌아갔다. 나는 아무도 나를 부르러 오지 않는다는 사실과, 그것은 아마 내가 우리 집 옥상에 앉아 있기 때문일 것이라는 사실과, 그러나 실은 누구도 내가 우리 집 옥상에 앉아 있을 것이라 상상하지 않는다는 사실을 번갈아 생각한다. 귀신이 되어버린 기분으로 옥상에 앉아, 나는 귀신처럼 홀연히 우리 곁을 떠나가 버린 아버지를 생각한다. 아마 내가 앉아 있는 이 오래된 타이어는 아버지가 옥상에 올려 둔 것이리라.

「봄날」은 어린아이가 홀로 느끼는 고독감을 과장이나 전형화 없이 전달하면서도, 아무도 부르러 오지 않는 아이의 시선으로 이미 사라진 것들과 지금 사라지고 있는 것들과 앞으로 사라질 것들의 자리를 매만지고 있어서 좋다. 내게 떠오른 과거의 한 풍경. 비 오는 날 학교 앞으로 엄마가 우산을 들고 데리러 오지 않았을 때, 집에 사람이 없어 밥을 혼자 차려 먹어야 했을 때, 어린 나는 딱히 슬프지 않았다. 우산을 쓴 친구들이 엄마 손을 붙잡고 유유히 집으로 돌아가는 모습을 보았을 때도, 티브이에서 사람들이 따뜻한 식사와 함께 저녁 시간을 보내는 모습을 보았을 때도, 그들과 나의 처지를 비교하며 비애에 젖지 않았다. 대신에 마을버스를 타고 집에 돌아오며 하굣길의 정취를 즐기는 호기를 부리거나, 짜파게티를 끓여 먹고 식탁 의자에 늘어져 부엌 창에 드는 노을빛을 감상하며 시간을 보냈다.

"내가 오는 줄도 가는 줄도 모르고/시계가 고장 난 것도 모르고/세상이 끝난 것도 모르고//엎드린 채로 영영 자라고 있다" 밤늦은 시간 신문사 빌딩의 한구석에서 연인이 신문을 오려 붙이고 있다. 좁은 구역에서 쏟아지는 뜨거운 조명을 받으며 그는 내게 이것은 취미가 아니라 밥벌이라고 말한다. 나는 연인의 말하는 소리를 들으며 그의 큰 키를 헤아려 보고 있다. 그리곤 이 뜨겁고도 차가운 곳에서 연인의 키가 더 자라나 버리면 어쩌나 생각한다. 연인은 곧 읽다 만 책을 펼친 채로 엎어 두고 가만히 잠에 빠진다. 그 모습을 바라보며 나는 연인의 규칙적인 호흡이 이 세계의 성벽을 무너뜨리는 상상을 한다.

「네가 잠든 동안」은 연인의 잠든 모습을 바라보는 일이란 곧 연인을 사랑하고 그리워하는 일임을 보여준다. 시의 첫 구절이 말하듯, "드문드문 너를 보는 일/그리워하는 일/유행이 지난 일" 내게 떠오른 과거의 한 풍경. 대학 시절 지방에서 상경하여 홀로 지내고 있던 연인의 방에 자주 놀러 가곤 했다. 함께 국을 끓여 밥과 함께 먹고, 좋아하는 시집을 나누어 읽고, 자소서를 쓰거나 하염없이 뒹굴뒹굴하며 보냈던 시간. 연인의 방과 그때의 우리를 생각하면 깊고 추운 겨울밤 그가 나를 위해 전기 매트를 틀어줬던 일이 떠오른다. 실내 공기가 너무 차가워서 우리는 이불 속에서 한없이 껴안고 자야만 했다. 매트 아래 손을 넣고 이불이 따뜻하게 데워졌는지를 확인하던 사랑스러운 연인이 꿈속으로 빠져들고, 그를 바라보던 나의 마음.

「안개 속의 풍경」의 인물들은 과거의 어떤 풍경을 기억해 내기 위하여 작은 대화를 나눈다. 우리가 함께 보았던 것이 거대한 손이었던가? 인물들은 함께 보았던 과거의 풍경 속 사물에 대해 조금 말해보고 또 생각해 보다 곧 입을 다물고 그저 세계를 바라보기에 이른다. 그리고 인물들은 세계의 일부가 된다. 과거에 머물렀던 풍경, 시간에 대해 말하고 생각해 보는 일은 현재와 과거를 하나의 세계로 이끄는 일이다. 이러한 작업의 되풀이를 통하여 인물들은 제3의 시간으로부터 다시금 조립된다. 김이강의 시를 읽는 일은 과거의 어떤 풍경, 시간을 상기하도록 하고 시 읽기를 통해 우리는 과거와 현재가 혼재하는 어떤 시간 속으로 흘러들어 가게 된다. 그리고 시간이 우리를 재조립한다. 시간이 우리를 조립하고 시가 우리를 쓰기 시작하는 것이다.

김이강

「봄날」
「네가 잠든 동안」
「안개 속의 풍경」

『타이피스트』(민음사, 2018)

07

우리 다시 최승자부터 시작하자

속절없이 한 여자가 보리를 찧고

해가 뜨고 해가 질 때까지

보리를 찧고, 그 힘으로 지구가 돌고……

최승자, 「어떤 아침에는」 중에서

사랑하는 누군가와 헤어지는 경험은 우리의 마음을 깨뜨린다. 사랑에 빠지기 전에도 나의 삶이 존재했음에도 불구하고 사랑에 빠지는 경험이 나의 삶을 완전히 뒤바꿔 버린 것처럼 사랑이 깨지면 나는 삶으로 돌아갈 방법을 잃어버리고 만다. 이별은 사랑을 끝내는 것이 아니라 깨진 사랑을 품고 살도록 만든다. 깨진 사랑은 버릴 수도 없고 다시 붙일 수도 없어 조각난 그대로 마음을 할퀸다. 사랑하지 않았으면 이렇게 아프지 않았을 거라고 헤어지고 혼자 남은 자리에서 나는 나를 원망했다.

시를 읽고 쓸 수 없는 날들이 계속됐다. 그것을 멈추자 존재와 삶을 잃어버리게 된 느낌이었다. 다만 돌아갈 수가 없었다, 어떻게 돌아가야 하는지도 몰랐다. #문단_내_성폭력 해시태그 운동 이후 쏟아져

나왔던 이야기들은 내가 누구인지 내가 어떤 것을 좋아하고 믿었으며 그로 인해 어떤 제도나 질서의 유지에 관여했는지를 내 면전에 대고 물었다. 아침에 깨어나면 가슴에 작은 절망들이 매달렸다. 하루 종일 깨진 사랑과 낱개의 절망들에 대해 생각했다. 도망치고 싶었다. 도망치고 싶은 마음도 죄 같았다.

문단 내 성폭력을 함께 고민하는 좌담회에 찾아갔고 한국 문학을 비판적으로 사유하는 강의를 들었다. 그때 남은 기억이 두 가지 있다. 하나는 좌담회에서의 일이다. 누군가 마이크를 들고 앞으로 우리가 어떻게 나아가면 좋을지에 대해 그간 자신이 고민했던 내용을 나누어 주었다. 꿋꿋한 목소리로 말을 이어 가는 게 좋아서 고개를 들고 그 사람을 쳐다보았다. 사람들 한가운데 그는 온몸을 떨고 있었다.

또 하나는 강의에서의 일이다. 고민 끝에 손을 들고 물어봤다. "저는 그 이후로 매일 절망감이 들고 어떻게 다시 한국 문학을 공부하고 좋아할 수 있을지 모르겠습니다. 어떻게 하면 좋지요?" 강연자는 단단한 얼굴로 대답해 주었다. "한국 문단의 기득권 남성들에게 우리의 언어를 빼앗길 수는 없지요. 계속 우리의 언어와 문학, 우리가 사랑하는 것들을 지켜나가야 합니다."

나는 내가 시를 사랑하는지 몰랐다. 문학을 향한 순정과 헌신 그리고 경멸과 증오가 모두 사랑으로 수렴될 수 있는지 몰랐다. 문단 내 성폭력 사건의 피해자와 연대자들은 사건 이후 문학과 어떻게 관계 맺을 것인지를 고민했다. 나는 늘 막연히 문학이 우리를 지켜준다고 믿어왔고 문학이 수호하고자 했던 가치와 윤리가 사람을 해치지 않는다고 믿어왔다. 그러나 문학 안은 평등하지 않았다. 구조적 위계가 있었고 위계에 의한 폭력이 발생했다. 안전하지 않았던 것이다.

도망치고 싶었으니까. 나처럼 상처받았을 사람들이 온몸을 떨면서도 단단한 얼굴로 자리를 지켜내는 모습이 가슴에 남았다. 계속하고 싶었다. 내가 경험하는 구체적 삶으로부터 문학을 읽고 쓰는 작업을 다시 시작하고 싶었다. 독자 그리고 창작자로서 목소리를 지키고 존재의 자리를 지키고 싶었다. 사랑으로 연결되고 싶었다.

그러나 오랜 시간 어떤 아침에는 세상이 싫고 어떤 아침에는 내가 싫었다. 절망할 때마다 '속절없이'라는 단어를 떠올렸다. '속절없이'는 '단념할 수밖에 달리 어찌할 도리가 없다.'라는 뜻이다. 최승자의 「어떤 아침에는」이라는 시는 오직 4연 때문에 골랐다. "속절없이 한 여자가 보리를 찧고/해가 뜨고 해가 질 때까지/보리를 찧고, 그 힘으로 지구가 돌고……" 최승자의 목소리로 '속절없이'는 내게 새로운 의미가 되었다.

사랑을 포기하고 싶을 때 그리하여 숨죽일 때 내게 다가오는 풍경은 앞서 이야기한 두 가지 기억들로부터 비롯된다. 온몸을 떨면서도 단단한 얼굴로 여자들이 입을 열어 말을 하는 풍경. 단념할 수밖에 달리 어찌할 도리가 없음에도 불구하고 어떻게든 살아남아 입을 열어 말을 하는 풍경. 그렇게 보리를 찧고 또 찧는 일의 힘으로 지구는 돈다고 최승자는 이야기한다. 여자들이 보리를 찧는 풍경은 아침에 내리는 슬픔과 절망을 모두 사라지게 할 수는 없어도 나를 살게 한다.

그리고 나도 보리를 찧게 한다. 시를 읽고 쓰는 일을 통해 어디에선가 보리를 찧고 있는 여자들의 마음에 가닿고 싶다. 만약 그렇게 된다면 시에 대한 마음을 하나씩 주울 수 있을 것 같다. 최승자의 「어떤 아침에는」은 마음을 잃어버리고 사랑을 포기할 수밖에 없는 상황에 놓인 누군가가 다시금 마음을 줍고 사랑을 시작할 수 있도록 만드는, 기필코 그렇게 만드는 시라고 생각한다. 해가 뜨고 해가 질 때까지, 우리 다시 최승자부터 시작하자.

최승자

「어떤 아침에는」

『기억의 집』(문학과지성사, 1989)

08

나를 내다 버리고 오는 사람의 마음

(…) 저편에서 누군가의 발

소리가 들리고 나는 불 꺼진 방에 서 있다 나는 마치

수천 년 동안 불을 켜려고 했던 유령 같다 얼굴을 모

르는 당신의 꿈속 같다

강성은, 「불 꺼진 방」 중에서

왜 네가 한국을 떠난 일이 네가 한국과 나를 한데 묶어 버렸다는 생각을 들게 했을까. 너와 헤어지고 나는 한동안 너로부터 버려졌다는 느낌에 머물러 있었다. 네가 나를 버렸을 리 없다. 너 따위가 나를 버릴 수 있을 리 없다. 분에 차 발을 굴렀으나 함께 걷던 교차로 가운데서 나는 이 망할 한국 땅과 함께 묶여 버려졌음을 통감할 수밖에 없었다. 교차로 앞 미술관의 카페에는 정답게 마주 앉은 사람들이 커피도 마시고 와플도 나눠 먹고 있었다.

누군가 나를 부르면 깜짝깜짝 놀랐다. 원래도 망상에 빠져 사는 사람인 내게 버려졌다는 망상은 너무나 매혹적이었다. 바깥 현실과 괴리된 채 낮에는 망상으로 밤에는 꿈으로 정신없이 걸어 다녔다. 왜 그렇게까지 나는 절박하게 너를 필요로 했나. 사람에게 구원받을 수 없다는 걸 알면서도 너무 기대고 싶었다. 같이 있으면 으깨져도 상관없을 정도로 좋았다. 왜 이 지경이 될 때까지 나는 나를 방치했나.

무지막지한 사랑의 힘은 뒤로하고 익숙한 방식으로 내게 화살을 돌렸다. 관계를 애도하고 나를 교정하는 데 몰두했다. 때때로 버려졌다는 느낌은 잊지 않고 나를 찾아왔다. 불 꺼진 방에 앉아 영원히 불 켜지지 않을 것 같다는 느낌을 받을 때. 강성은의 두 번째 시집 『단지 조금 이상한』은 상실이 남기는 버림-버려짐에 대한 느낌과 생각으로 온통 얽어져 있다. 시집의 첫 시편 「기일(忌日)」부터 그러하다.

죽은 사람의 물건을 버리면 그의 존재도 쓸어내 버릴 수 있을까. 만약 가능하다면 시적 화자는 그의 존재를 이제 그만 마음에서 쓸어내 버리고자 한다. 사람을 버리는 일이란 불가능하다는 듯이, 버려진 물건들이 쌓인 창밖 가로등 아래 누군가 쓰레기 더미를 부스럭거리는 소리가 끝없다. 누군가를 너무 사랑하면 나를 버린 그의 심정까지 헤아리고 이해하게 된다. 시적 화자 역시 기어코 상처받는다. "나를 내다 버리고 오는 사람의 마음도 이해할 것만/같다"

「불 꺼진 방」은 악몽을 꾸다 소리를 지르며 깬 시적 화자가 간밤의 악몽을 더듬어보는 이야기다. 꿈속에서 누군가 나를 토막 내 검은 비닐 봉투에 담아 집 앞 가로등 아래 버리고 사라졌다. 버려진 채로 나는 비명을 질렀으나 아무도 내 목소리를 듣지 못한다. 집 앞 미용실 여자, 고양이 한 마리, 배낭을 메고 훌쩍이는 아이가 무심하게 내 곁을 지나간다. 버려지는 일은 혼자 남겨지는 일이다. 수치의 기억으로 남아 목소리 내어 표현하기도 어렵고, 목소리를 낸다 해도 타인에게 잘 들리지 않는 비참함과 서러움은 버려진 자만의 것이다.

꿈에서 깨어났지만 간밤의 꿈은 시적 화자를 점령한다. 주위를 둘러본다. 꿈과 현실이 연결되어 있다는 듯 창밖의 가로등 빛은 불 꺼진 방의 윤곽을 만들어 낸다. 누가 나를 버렸을까. 시적 화자는 얼굴이 잘 보이지 않던 그 남자의 얼굴을 떠올려 보려 애쓴다. 나는 나쁜 꿈을 꾼 것뿐이라고. 꿈속에는 원래 알 수 없는 일과 알 수 없는 사람들이 가득하다고. 꿈과 현실을 동떨어진 것으로 가르기 위해 방 안의 불을 켜고자 할 때 불이 켜지지 않는다. 마치 꿈속에 버려진 것처럼.

시적 화자는 자신이 버려졌던 집 앞의 가로등 아래를 바라본다. 그곳은 꿈속에서처럼 환하고, 그곳에는 불룩한 쓰레기 봉투들이 산더미처럼 쌓여있다. 시적 화자는 꿈과 현실의 경계가 희미해지는 것을 느낀다. 누군가로부터 버려졌다는 생각을 아무리 꿈, 망상, 허깨비로 치부해 보아도 그 생각이 가져오는 지극한 고통과 슬픔은 그것을 내 현실로 만든다. 누군가로부터 버려진 느낌은 가장 생생한 진실로 내 몸에 각인되고 만다.

나는 다시 불 꺼진 방에 서 있다. 이곳이 꿈인지 현실인지 알 수 없는 상황에서 "나는 마치/수천 년 동안 불을 켜려고 했던 유령 같다 얼굴을 모/르는 당신의 꿈속 같다" 언제까지 불 꺼진 방에 앉아 간밤의 악몽을 더듬으며 지내야 할까, 불 꺼진 방을 꿈속의 가로등 빛이 아니라 환한 현실의 빛으로 밝히기 위해 얼마나 애써야 할까. 무심한 진실이 얼마나 더 나를 슬프게 해야 버려졌다는 느낌은 끝이 나는 걸까.

강성은

「기일(忌日)」

「불 꺼진 방」

『단지 조금 이상한』(문학과지성사, 2013)

09

저 눈이 녹으면 흰빛은 어디로 가는가

아픈 내 배를 천천히 문질러주듯

외할머니가 햇볕에 나를 가지런히 말린다

슬퍼서 나는 아무 말도 할 수가 없다

강성은, 「환상의 빛」 중에서

누군가를 사랑하는 일을 통해 우리는 여러 가지 감정을 경험한다. 열렬하고 지극한 사랑, 그 사랑의 근처에는 늘 슬픔이 잔잔히 흐르고 있고 외로움과 그리움이 당연하다는 듯 놓여 마음을 누르고 있다.

함께 있을 때, 종종 이해받지 못했다고 느꼈을 때, 가슴을 찌르는 외로움이 있었다. 헤어지고 늘 혼자 남은 공간에 쏟아져 내리는 외로움이 있었다. 사랑하면서 처음으로 누군가 보고 싶어 몸이 부들부들 떨릴 수 있다는 걸 알았고, 헤어지고 나서 일 년 하루도 빠짐없이 누군가를 생각하고 그리워하는 나를 지독하다 느끼기도 했다. 외로움과 그리움을 토로하는 일은 왜 이렇게 어려운지. 혼자서는 잘 못 사는 사람처럼 보일까 두려웠고 누군가를 생각하는 마음이 나약하고 여린 것으로 여겨질까 괴로웠다.

시인 강성은의 「환상의 빛」은 긴 잠을 자고 있던 내가, 긴 잠에서 깨어난 외할머니가 조용히 매실을 담그고 있음을 느끼며 시작하는 시다. 다시는 볼 수 없을 거라 생각했던 외할머니가 곁에 머물고 있음을 느끼자 시적 화자는 찻잔의 차가 흘러넘치듯 눈물이 흘러넘치는 것을 주체하지 못한다. 지금까지 마음에 눌러 왔던 사랑, 슬픔, 외로움, 그리움은 눈물로 터져 나오고, 눈물에 휩쓸려 꿈속 모든 것들은 바다까지 떠내려갈 것만 같다.

나의 속상한 마음을 알았는지 외할머니는 눈물로 젖은 나를 햇볕에 가지런히 말린다. 배 아픈 날이면 매실액을 따뜻한 물에 녹여 줬던 외할머니, 아픈 배를 천천히 문질러 줬던 외할머니는 꼭 그때와 같은 마음으로 나의 눈물을 멈추게 한다. 시적 화자는 내가 많이 사랑했고 나를 많이 사랑해 줬던 외할머니가 이제는 곁에 없다는 생각에 슬퍼하고, 꿈에서까지 나를 이토록 보살펴 준다는 생각에 슬퍼한다.

시적 화자는 누군가를 사랑하고 그리워했던 경험에 대해 생각한다. 본 적 없는 신을 사랑하고 그리워했던 일, 본 적 없는 신에게는 내 존재를 있는 그대로 내려놓고 맡겨도 될 것 같았던 일. 외할머니는 마치 신처럼 존재에 깃든 빛으로 나를 따스하게 감싸주고, 외할머니에게는 아프고 물렁한 내 마음의 사랑, 슬픔, 외로움, 그리움을 모조리 토로해도 될 것만 같다. 시적 화자처럼, 여름밤 시골집 방 한편 봉숭아 물 들인 두 손을 단정하게 모으고 누워 있을 때, 곁에 나란히 누워 내 손을 쓰다듬으며 '우리 손녀 손은 고사리손이구나.' 조용히 이야기하던 외할머니에 대한 기억이 내게도 있다. 아무 말 하지 않아도 마음이 낫는 경험이 내게도 있다.

시적 화자는 곧 꿈이 끝나리라는 것을 느낀다. 그저 외할머니의

품 안에서 조금 쉬고 싶었을 뿐인데, 그래야 차갑고 긴 겨울을 여행할 수 있을 것 같았는데. 긴 잠은 끝나고 나는 깨어난다. 외할머니가 곁에 없다는 것을 느끼자 눈에 눈물이 차오르고 그걸 억지로 참는다. 막막한 겨울은 어김없이 찾아오고 밤하늘에선 흰 눈이 내리기 시작한다. 눈이 세상으로 내려오는 풍경은 꼭 본 적 없는 신이 내려오는 풍경 같다. "저 눈이 녹으면 흰빛은 어디로 가는가"

「환상의 빛」은 긴 잠을 자고 있던 내게 존재만으로 안식과 사랑이었던 외할머니가 찾아오는 이야기다. 외할머니는 배 아픈 나를 위해 매실을 담그고 차가운 배를 따뜻하게 문질러 준다. 세상과 사람을 사랑하는 일은 늘 내게 사랑, 슬픔, 외로움, 그리움을 느끼게 하고, 나는 사는 게 서러워 세상이 떠나가라고 눈물을 흘린다. 그 눈물에 흠뻑 젖은 나를 할머니는 햇볕에 가지런히 말려 준다. 할머니의 품 안에서 환상의 빛을 받으며 나는 자유롭게 울고 또 평안하게 치유된다.

곧 꿈이 끝나고 할머니는 떠나지만 세상에 나 홀로 남지 않았다는 듯 밤하늘에선 흰 눈이 아름답게 내려오기 시작한다. 꿈에서 넘어온 듯한 빛이, 눈 위에서 희게 빛난다. 곧 눈이 녹아 흰빛이 사라질 것임을 예감하면서도 나는 환상의 빛이 영혼에 조금씩 스미는 것을 느낀다. 그 빛이 마음에 들어 긴 겨울 눈물을 참을 수 있으리라.

강성은

「환상의 빛」

『단지 조금 이상한』(문학과지성사, 2013)

10

포기에 대하여

어딘가 숨었을 개가 주인을 향해 달려갑니다 자신을 이해하는 사람을 향해 사랑이라 믿는 걸까요 날 이해하는 사람은 나를 묶어 버립니다 호명의 피 냄새가 납니다

김이듬, 「호명」 중에서

성인이 되고 난 후 기회만 있으면 집을 떠났다. 가족들과 함께 사는 걸 잘 못 견뎠다. 엄마 아빠는 함께 작은 꽃집을 운영했는데 먹고 살기 위해 연중무휴 쉬지 않고 죽어라 일만 했다. 두 사람이 청춘과 바꿔 얻게 된 자원으로 나는 먹고 자고 공부하고 성장했다. 가게가 작았을 땐 돈 문제로, 가게를 확장해 가면서는 성격 차로 많이 다퉜다. 사실 다퉜다는 말은 순화한 표현이다.

우리 집에선 늘 직설적인 말로 상대를 비난하는 말이 오갔다. 그래서 초등학교에 들어갔을 때 사람들이 이토록 조심스러운 말로 상대의 마음을 헤아려 가며 말한다는 사실에 충격을 받았다. 나는 거의 엄마 편이었다. 아빠가 목소리도 더 크고 힘도 더 세서 더 나빠 보였고 가부장적 권위를 내세워 엄마를 속박하고 괴롭힌다고 생각했다. 아빠가 늘 나를 평가하고 비난한다고 생각했다.

문제는 아빠가 나를 좋아했다는 것이다. 내가 기억하지 못하는 어린 시절 사진엔 아빠가 나의 손을 잡고 나를 껴안고 나에게 뽀뽀하고 나를 사랑스럽게 바라보는 모습들이 담겨 있다. 그 뒤로도 아빠는 나를 계속 좋아했다. 어릴 때 상가 사람들에게 꼬박꼬박 인사하는 나를 예뻐했고 청소년이 되어 학교 공부를 곧잘 하는 나를 자랑스러워했다.

코로나 19로 가게 상황이 나빠지며 직원이 그만두게 됐다. 엄마는 가게 일을 며칠만 도와달라며 내게 연락했다. 새해 첫날이었다. 1월 1일은 인사이동이 많은 날이라 이례적으로 주문이 급증했다. 가게가 바빠서인지 엄마 아빠는 평소보다 신경질적이었고 작은 일에도 짜증을 냈다. 아슬아슬한 말다툼이 몇 번 지나가고 결국 두 사람은 소리를 지르며 싸우기 시작했다.

밥을 먹으러 가려는 나를 아빠가 붙잡았다. 가게 매출 시스템 다루는 방법을 알려 주겠다고 했다. 가게에 둘이 남아 있는데 아빠가 내게 소리치듯 말하기 시작했다. 엄마와의 싸움에서 다 해소하지 못한 분노를 내게 쏟아내고 있는 것 같았다. 아빠가 나를 미워해서 혹은 혼내려고 이러는 게 아니라고 머릿속으로 계속 되뇌었다.

눈물이 쏟아지기 시작했고 멈춰지지가 않았다. 아무리 아빠를 이해하려고 해도 눈물이 멈추지를 않자, '이건 증상이구나.'라는 생각이 들었다. 어린 시절 내가 자주 보았던 어떤 전형이 눈앞에 반복되고 있었다. '왜 이렇게 나를 함부로 대할까.'라는 생각이 문득문득 들었다. 생각하기를 포기하고 그냥 계속 울었다.

마음과 상황을 정리한 후 택시를 타고 집으로 향했다. 내가 왜 가족들과 떨어져 혼자 살기로 결심했었는지, 내가 왜 인간이 서로에게 상처 주는 일이나 그로 인해 상처받은 마음에 대해 오래 생각하고 써 왔는지, 스스로를 이해하는 시간을 가졌다. 불행한 어린 시절로부터 이렇게 멀리 열심히 달려왔는데도, 그 상처가 내 가슴 어느 구석에 남아 눈물을 쏟고 있었다.

김이듬의 「호명」 생각이 났다. 시가 나를 이해해 주었다. 포기하고 싶고 죽고 싶다고 외치는 이 시가, 나를 바라봐 주고 있었다. 「호명」은 당신의 나를 부르는 음성이 내 귀에 들리는 장면으로 시작한다. 한숨을 쉬며 나는 달아난다. 뒤이어 사람들이 마당에서 키우던 개를 이웃집 개와 맞바꿔 잡아먹으려 움직이는 장면이 나온다. 버둥거리던 개가 도망친다, 누군가 개를 부르기 시작한다. 사람들 사이에 어딘가 숨었을 주인을 향해 개는 달려가고 주인은 개를 다시 흥분한 사람들에게 넘긴다. 시적 화자는 이 장면 뒤로 펼쳐진 고요하고 평화로운 마을의 풍경을 그려낸다.

왜 개는 도망치지 않았을까. 그악스러운 사람들 가운데 자기 주인이 있다는 걸 알았으면서. 왜 개는 주인을 포기하고 달아나지 않았을까. "자신을 이/해하는 사람을 향해 사랑이라 믿는 걸까요" 날 이해하는 사람이 날 묶어버릴 것을 알면서도, 날 사랑스러운 음성으로 부르는 사람에게 호명의 피 냄새가 난다는 것을 알면서도. 시적 화자는 아무것도 동경하지 않는다는 말과 함께 당신이 나를 호명하는 행위에 대한 생각에 잠긴다.

왜 우리는 포기하지 못할까. 사랑과 사람을 포기할 수 있었다면 삶은 지금보다 훨씬 평온하게 흘러갔을 것이다. 나는 포기하고 싶다, 도망치고 싶다고 끊임없이 외치면서도 또 사랑이라 믿는 무엇인가를 향해 날 이해한다고 느껴지는 누군가를 향해 달려갔다.

살아간다는 건 포기하지 않고 희망을 갖는다는 뜻인가 보다. 아무것도 동경하지 않는 사람조차 당신이 부르면 다시금 당신의 존재에 희망을 걸게 되듯이. 수없이 상처받아 가슴에서 계속 눈물이 나는 나도 그렇고, 작품 속에 포기하고 싶고 달아나고 싶은 마음을 솔직하게 흩어 놓은 김이듬도 그렇다. 이토록 적나라하고 진실한 고통을 그려내면서도 김이듬은 희망을 말하는 시인이다. 포기하고 죽고 싶은데 우리는 왜 자꾸 삶의 곁으로 어슬렁거리며 돌아오는가, 그리고 말이 잘 통하는 누군가를 마주하는가.

김이듬

「호명」

『표류하는 흑발』(민음사, 2017)

11

풍경 사이를 가만히 걷다

알 수 없는 해변을 걸었다

눈이 내리고 배가 고프고

밤이 오고 잠도 오는데 인가는 보이지 않고

알 수 없이 해변만 밤을 밝혔다

송승언, 「유형지에서」 중에서

꽤 오랜 시간 나는 스트레스를 받으면 폭식했다. 남동생의 조그만 손을 붙들고 낡은 재개발 아파트로 돌아가던 저녁 어스름. 상가 마트에 들러 엄마가 쥐어준 몇천 원으로 과자와 음료수를 샀다. 그리곤 자정 무렵 부모님이 돌아오실 때까지 간식을 먹으며 티브이를 보았다. 건강에 해롭고 살찐다는 이유로 아빠는 내가 간식 먹는 걸 극도로 싫어했는데, 당시 나는 아빠의 걱정과 분노를 내 존재에 대한 혐오와 모욕으로 받아들였다. 먹는 일로 인한 스트레스 역시 폭식으로 돌아왔다. 자정 무렵 나는 동생을 동원해 간식 먹은 흔적을 열심히 치웠고, 엄마 아빠가 돌아오면 이불로 들어가 잠든 척을 했다.

고등학교에 입학하고 본격적인 입시가 시작되자 잠으로 도피하기 시작했다. 새벽부터 봉고 차에 실려 학교에 도착하면 수업 듣고 공부하고 친구들과 지지고 볶다 야자까지 해야 하루가 끝나던 시절이었다. 수업 때 선생님이 고개를 돌리면 자고, 쉬는 시간에 종이 치면 팔을 베개 삼아 자고, 점심시간에 부른 배를 두드리며 나는 잤다. 하루를 잘 보내지 못했다는 생각이 들면 억지로 자고, 시험을 망칠 것 같다는 두려움이 몰려올 때면 기어코 자려고 했다. 도망친 곳에는 악몽이 찾아왔다. 꿈속에선 시험에 늦는 일이 반복되거나 누군가로부터 쫓겨 도망치거나 사람들에게 냉대를 당하는 일이 일어났다. 잠으로 불어난 꿈은 현실로 기어들어 와 나를 괴롭혔다. 입에 음식을 욱여넣고 잠에 취한 상태로 시간을 견뎠다.

대학에 들어가고 음식이나 잠으로 도망치는 일이 서서히 줄어들었다. 늘 스트레스받는 상황에서 벗어나기도 했고 원한다면 집으로부터 자유로워질 수도 있었다. 주로 인간관계 문제로 고민했다. 힘들고 괴로운 마음이 들 때면 친구에게 전화를 걸어 하염없이 하소연했다. 비슷한 처지였던 우리는 서로를 이해하고 공감할 수 있었으며 따뜻한 위로를 나눌 수 있었다. 그러나 가끔 우리의 대화는 문제의 원인을 찾기 위한 골몰에 머무르거나 문제가 남긴 상처를 들춰내는 데 혈안이 되기도 했다. 통화가 끝나면 문제가 더 크고 막막하게 느껴졌다. 우리들 사이에는 슬픔과 우울이 떠돌아다녔다.

그 뒤로 나는 일기를 썼다. 먹거나 자거나 대화하는 것으로 해결되지 않는 문제들이 일기장에 적혔다. 내가 왜 이런 상황에 처했는지 내가 어떤 느낌에 시달리고 있는지 적었다. 또 앞으로 어떻게 상황을 헤쳐나가고자 하는지 또박또박 적었다. 일기를 쓰고 나면 내가 내게 이해받는 느낌이 들었고 앞으로의 삶을 책임질 용기가 조금은 생겼다. 인간은 결국 혼자라는 생각에 잠겨 일기를 쓰는 일은 그러나 종종 나를 내 안에 가두었다. 내면에 갇히는 일이 잦아질수록 바깥으로 나가기 어렵다는 느낌을 받았다. 나는 나를 내몰고 있었다.

내몰린 끝에서 어떤 고통은 언어를 잃게 만든다는 걸 알게 됐다. 너무 고통스러우면 그것에 대해 느끼거나 생각하기 어려워진다. 가까스로 불가능만을 감지한 채로 살기 위해 버둥거리게 된다. 그런 마음도 시가 될 수 있을까. 송승언의 『철과 오크』는 시란 응당 의미와 감정으로 가득 찬 내면의 격동을 그려내는 것이라는 생각에 전면으로 반한다. 언어를 잃어버린 사람의 마음에는 의미도 감정도 없는 어떤 풍경 하나가 서게 된다는 것을, 그 풍경 사이를 가만히 거닐다 아주 오랜 시간이 지난 후 그것을 시로 그려낼 수도 있다는 것을 시인은 아는 듯하다.

「유형지에서」에는 알 수 없는 해변에 버려진 사람이 등장한다. 바다 생물의 사체와 돌의 먼지가 빛으로 너울대는 곳에서 그는 살지도 죽지도 못한 채 생을 연명해 나간다. 눈이 날리고 눈 사이에 흰 새가 뒤섞여 날리는 곳에서 그는 모든 것이 망각되는 동시에 뚜렷해지는 느낌을 받는다. 위기감에 시달리면서도 그는 유형지에 자신을 버린 이가 누구인지 생각하지 않고 유형지에서의 탈출을 바라지도 않으며 그저 걷는다. 풍경 사이를 걷는 가운데 어딘가로부터 침묵의 울음소리가 들려온다.

송승언의 시집을 읽으며 사람들의 마음에 세워져 있을 어떤 풍경에 대해 생각해 본다. 감각하기도 표현하기도 어려운 고통으로 세워지게 된 풍경, 대처하거나 해소할 수 없어서 마음에 세워지게 된 풍경. 풍경 사이를 가만히 걷는 일에 대해서도 생각해 본다. 마음속에 세워진 고통의 풍경을 찢거나 덮지 않고 가만히 견디며 걸어 보는 일, 아주 오랜 시간이 지난 후에 우리도 이 풍경을 시로 그려내 볼 수 있을까. 시가 우리를 자유롭게 해줄 수 있으면 좋을 텐데.

송승언

「유형지에서」

『철과 오크』(문학과지성사, 2015)

12

존재의 간결한 배치

모르는 노래가

내 입 안에 가득 고여 있어.

해야만 할 어떤 말들이

있었던 것 같은데.

신해욱, 「모르는 노래」 중에서

엄마를 생각하면 떠오르는 하나의 이미지가 있다. 어릴 적 바라본 엄마는 부엌에 서 있다가, 거실에 앉아 빨래를 개다가, 침대에 우두커니 앉아 있다가 혼잣말을 했다. "사는 게 지긋지긋하다." 매일을 바쁘고 고되게 보내면서도 동시에 늘 삶에 권태감을 느끼는. 어른이 되고 보니 사는 게 지겹다는 말의 뜻을 알 것 같다. 같은 일상을 반복하고 고질적인 문제들로 스트레스받는 일은 지겹다. 내 삶의 의미와 가치에 대해 고민해 세상과 나 자신에 그것을 매번 증명해 내는 일은 버겁고, 지겹다.

의미에 질식될 것 같을 때 신해욱의 시집은 도움이 된다. 신해욱은 '의미'가 세계를 더럽히고 인간을 고통스럽게 만들었다고 보는 것 같다. 그는 의미 과잉으로 고통받아 죽어가는 존재들을 가만히 관찰하고 결국 그 존재들이 유령 혹은 그림자로 떠다니는 세계를 상상하고 그려낸다. 그의 목적은 의미가 최소화된 언어들을 간결하게 배치하여 하나의 세계를 건설해 내는 것이다. 머리는 가볍게 마음은 내려놓고 시집을 들어 언어들을 따라가 보자. 그리고 신해욱이 건설해 놓은 세계를 내 마음대로 상상해 보자. 이 글은 신해욱의 세계를 읽어낸 하나의 예시일 뿐이다.

그의 첫 번째 시집 『간결한 배치』는 일곱 개의 장으로 나뉘어 있다. 독자는 각 장들을 연결해 하나의 세계를 구성해 낼 수 있다. 이제 우리는 고통받아 미약해지거나 죽임을 당해 시체가 되어버린 존재들과 '오래된 휴일'을 보내고, '모텔 첼로'의 어두운 객실에서 당신의 오래된 죽음을 바라볼 것이며, 의미를 잃어 투명해진 존재들이 늘어져 있는 '환한 마을'로 입장하여, 전체를 잃고 부분만 남은 것들의 '즐거운 번화가'를 걸어볼 것이다. 또한 환한 마을을 걸어 나가서 오직 녹거나 사라지는 방식으로만 삶을 지속하는 존재들의 '흑백의 마을'을 구경하고, 언젠가 존재했던 '의미'의 세계를 되새김질하는 '사각 지대'를 지나게 될 것이다.

'오래된 휴일'을 열면 물 밑에 누워 부패해 가는 오래된 익사체가 있다. 이미 죽은 지 꽤 오래된 익사체는 끊임없이 밀려 들어오는 바람, 햇빛, 물비늘로 자신이 지워져 가는 것을 느낀다. 하염없이 형체를 잃고 사라져 간다. 익사체가 사라지는 풍경을 가만히 관찰하다가 '모텔 첼로'로 들어서면 그곳에는 나의 죽음이 있다. 얼굴 위에 마른 흙이 한 삽 쏟아지는 것을 느끼며 나는 죽어간다. 아니, 내게로 쏟아지는 것이 마른 흙인지, 환한 그늘인지, 홑이불인지 알지 못한 채 나는 안쪽으로 눈물이 쏟아지는 것을 느낀다. "그렇지만 나를 감싸는 건/다른 것./눈물이 안쪽으로 쏟아진다./여기엔 빈틈이 없는데./어떻게 차가운 것이."

'환한 마을'에는 나와 같은 존재들이 가득하다. 목숨 없는 누군가 나의 어깨를 치고 지나가고 내 그림자가 나보다 먼저 움직이기 시작한다. 그로부터 나는 내가 그림자보다 희박하고 가늘어져 버렸음을 깨닫는다. 어깨가 지워지고 나의 의미가 지워진다. '환한 마을'의 '즐거운 번화가'에는 빨간 모자, 분홍신, 가부키 같은 것들이 살고 있다. 나는 머리를 잃어버린 모자와 다리를 잃어버린 신발 그리고 얼굴을 잃어버린 화장을 바라보며 자신을 잃어버린다는 것이 뭘까 생각해 본다.

'흑백의 마을'에는 아주 잠깐 있다 곧 조용히 사라져 버리는 존재들이 살고 있다. 내 얼굴에 사선의 흉터를 남기고 사라진 정체를 알 수 없는 기운의 검객. 나의 얼굴을 발톱으로 가르고 사라진, 검은 사람의 어깨 위 검은 고양이. 나를 통과한 순간, 수직으로 일어나 나를 지워 버린 그림자. 눈이 녹으면 흰빛은 어디로 가는 것일까, 질문하게 만드는 하얀 사람까지. '사각 지대'에는 갈라진 웃음, 갈라진 노래, 갈라진 의미들이 복원되고 있다. 그러나 나는 삶의 웃음과 노래와 의미가 복원되는 일이 달갑지 않다. 해묵은 이야기를 모두 뱉고 도망쳐 버리고 싶기에.

어째서 시인은 이토록 의미에 덧씌워지는 일에 고통받았으며, 의미로부터 벗어나 한없이 사라지고 싶었을까. 왜 시인에게는 삶보다 죽음이 가깝게 느껴졌고, 의미보다 무의미가 매혹적으로 느껴졌을까. 어떤 의미와 노래와 웃음들이, 시인이 간결한 배치로만 이루어진 세계를 구상하도록 만들었을까. 작품 「모르는 노래」에서 우리는 그 이유를 짐작해 볼 수 있다. 작품 속 화자는 누군가를 불러 세워 귀를 빌려 달라고 요청한다. 화자는 알 수 없는 노래가 자신의 입안 가득 고여 너무나 고통스럽다고 호소한다. 이 노래는 화자를 있는 그대로 존재하도록 만드는 것이 아니라, 화자를 지우고 흉내 내고 덮어 버리는 것이기 때문이다.

삶의 의미와 존재의 의미에 짓눌려 제대로 숨 쉴 수 없는 날들이 있다. 타인이 나를 호명하거나 판단하거나 평가하는 언어에 짓눌릴 때도 있고, 가끔은 내가 나를 몰아세우고 겁박하고 할퀴기도 한다. 시인이 아무나 불러 세워 호소하였듯 그럴 때면 나는 신해욱의 시집을 열고 그곳으로 들어간다. 막대한 무의미 세계의 사라져 가는 존재들 사이로 걸어 들어가면서 시인에게 말해본다. "필시 너는 내 편일 테니/나를 좀/이 노래에서 벗겨줘."

신해욱

「밀실」
「모르는 노래」

『간결한 배치』(민음사, 2005)

13

여자인간

알아? 나는 여자인간이니까

생리를 한다.

신해욱, 「여자인간」 중에서

가끔은 화가 난다. 나는 페미니스트이고 싶지 않다. 소수자이고 싶지 않다. 그냥 나이고 싶다. 한국 사회의 여성 혐오는 대부분의 여성들이 동일한 폭력적 경험을 통해 동일한 부정적 감정을 내재화하도록 만들었다. 한국 사회는 여성들을 피해자로 만들고 여성들의 내면에 공포, 두려움, 슬픔, 서러움, 억울함, 피해의식을 새겨 넣었다. 물론 동일한 고통을 지녔기에 나는 다른 고통받은 여성들과 소통하고 공감하고 나아가 연대할 수 있었다. 그러나 폭력의 가해자가 아니라 폭력의 피해자만이 폭력으로 인한 피해와 상처에 대해 평생 골몰한다는 것을 생각하면 너무나도 화가 난다.

『82년생 김지영』(2016)은 출산 후 육아 과정에서 주인공 김지영이 다른 여성들의 목소리로 말하는 증세를 얻게 되며 시작하는 이야기다. 작품은 김지영이 태어났을 때부터 30대 여성이 될 때까지 어떻게 살아왔는지 그녀의 생애사를 따라가는 방식으로 전개된다. 작품은 여성 혐오가 사회 문화적 체제이자 구조로서 작동하고 있으며, 그것이 김지영의 삶에 강력한 영향력을 끼쳐왔음을 보여준다. 또한 주변 여성들의 삶 역시 여성 혐오라는 체제, 구조가 한국 여성들의 삶에 공통의 경험을 새겨 넣었음을 보여준다. 나는 『82년생 김지영』이 한국 사회에서 여성으로 살아가면서 미쳐버리지 않기란 불가능하다는 점을 보여줘서 좋았다.

조남주가 한국 여성의 한스러운 삶의 굴곡을 서사로 보여준다면 신해욱은 시집 『생물성』에서 인간이 한 사람의 몫으로 인정받지 못할 때 느끼게 되는 감각들을 시로 보여준다. 이 세계는 그에게 날짜와 요일을 배당해 주지 않는다. 살만한 날들을 받지 못한 그는 자신의 생일을 조금 빌려와 일기를 적어 내려간다. 갑갑한 세계에서 숨 쉬기 어려워하면서도 그는 최선을 다해 숨 쉬고 살아가 보려 애쓴다. "날짜와 요일을 배당받지 못한 날에/생일을 조금 빌려/일기를 쓰게 된 기분입니다./산소가 많이 부족한데/저는 공들여 숨을 쉬기나 한 건지/모르겠습니다."(<시인의 말> 중)

이 세계에서 사람 취급을 받는 존재들은 정돈된 이목구비를 지녔다. 그는 특별한 날인 생일에만 자신의 눈 코 입이 제자리로 돌아옴을 알게 된다. 늘 제멋대로 존재하던 이목구비였기에 그는 생일날 제자리로 돌아온 자신의 눈 코 입을 어색해한다. 하나의 얼굴과 정돈된 눈 코 입으로 숨 쉬는 일이 도리어 어색하게 느껴지는 날, 그는 지금껏 엉망인 채로 숨 쉬고 살아온 것이 그리고 앞으로 그렇게 살아가야 하는 것이 끔찍하다고 느낀다.

같은 세계에서 누군가는 사람 취급을 받고 1인분의 몫으로 인정받고, 누군가는 사람 취급을 받지 못하고 1인분의 몫으로 인정받지 못한다는 건 불공평한 일이다. 그는 이 세계가 공평하지 않으며 자신이 1인분의 몫으로 인정받지 못했음을 알게 된다. 그는 묻는다. 왜 이 세계는 나를 있는 그대로 여기지 않는 것인지, 왜 이곳에서는 사람이 사람으로 환원될 수 없는 것인지. 그는 한 번에 한 사람으로 환원되기를 원한다. 한 번에 한 사람이 되는 일은 충분히 좋은 일, 은총이 가득한 일이기 때문이다. 그러나 그는 매번 약간의 사람으로만 환원되고 만다.

그가 고작 약간의 사람으로만 환원되었다는 사실은 그의 엄마를 눈물 흘리게 한다. 약간의 사람이 되어버린 그는 엄마의 눈물을 닦아줄 수도 엄마와 함께 눈물 흘릴 수도 없게 된다. 슬퍼할 수도 슬픔을 위로할 수도 없게 된 그는 얼굴이 없다는 것을 느끼며 살아간다. 얼굴이 없다는 사실로 인해 터무니없이 부끄러워하고, 풀이 죽고, 병들어 간다. 왜 나는 이 세계에서 얼굴을 부여받지 못한 것일까. 세계의 폭력성과 그로 인한 얼굴 없음에, 아무리 슬퍼해도 매번 슬픔은 강렬하기만 하다. 얼굴 없음을 숨겨보고 제멋대로인 눈 코 입을 숨겨봐도, 얼굴 없는 불행은 있는 그대로 내게 다가와 나약한 나를 무너뜨린다.

신해욱은 폭력적인 세계에서 지워지고 사라지게 된 존재들, 몫을 부여받지 못하고 얼굴 없이 살아가게 된 존재들에 대해 이야기해 왔다. 세 번째 시집에 이르러 시 세계의 존재들은 오랫동안 날카롭게 갈고 있던 송곳니를 드러낸다. '여자인간'이라는 제목은 여자라는 단어에 '인간'이라는 뜻이 포함되어 있지 않다는 것을 깨닫게 한다. 그러니 당연히 화가 나지 않겠는가. "알아? 나는 여자인간이니까/생리를 한다." 이런 식이면 손에 피를 묻힐 수밖에 없다. "마른 빨래에 입과 손을 닦고/잠깐만.//(꺼져버려)"

신해욱, 「여자인간」, 『syzygy』(문학과지성사, 2014)

『생물성』(문학과지성사, 2009)

14

그녀는 생리 전이고, 우리의 이야기는 무척 길다

(…) 오늘

　압축적인 시를 쓰지 못하게 하는 퉁퉁 불어 터진 30년치 일기와

　전혀 정치적이지도 미학적이지도 않은 일상의 대부분과

　오로지 미학적이며 정치적인 나의 작은 서재와

(…)

　당연한 것은 아무 데도 없으면서 동시에 모든 것이 순리인

　너무 오래 돈 지구의 무의식—쉬고 싶어

　하던 대로 하고 있지만 쉬고 싶다 지구는 생리 전이다 내일은

　어디에서 피가 터질지 모른다 정치도 미학도 위안이 안 된다

정한아, 「PMS」 중에서

일요일 오후 지하철, 내 옆엔 한 아주머니가 꾸벅꾸벅 졸고 있었는데 곧 한 할아버지가 아주머니 옆에 앉았다. 졸던 아주머니는 일어나 다른 자리로 가 앉았고 할아버지는 내 옆으로 와 앉았다. 나는 멍때리고 있었다. 약 20분 정도 지났을까, 옆에서 열기가 느껴졌다. 할아버지의 등산화를 흘긋 보고 운동을 하고 와 몸에서 열이 나는 걸까 생각했다. 계속 느껴지는 꽤 심한 열기에 혹 몸이 아픈 건 아닐까 생각했다. 좀 걱정이 되어 고개를 돌려 보았다. 할아버지는 두 손으로 성기를 주무르며 자위하고 있었다.

바로 자리에서 일어났다. 졸던 아주머니가 벌떡 일어나 자리를 옮겼던 데는 이유가 있었던 것이다. 그 후 할아버지가 내 옆으로 와 붙어 앉았던 데 역시 이유가 있었던 것이다. 나의 무방비함과 순진함에 화가 났다. 성기를 감싸 쥔 손을 노골적으로 쳐다보았다. 할아버지는 시선을 피하는 등 눈치를 보면서도 두 손을 바지에서 떼지 않았다. 곧이어 다리를 떨고 발을 움직이기까지 했다. 할아버지에게 눈빛을 쏘다가 다 무슨 소용인가 싶어 열차에서 내렸다. 지하철을 빠져나오며 역무실에 전화로 신고를 했다. "네, 자위하고 있었어요."

욕 몇 마디 뱉은 후 학원으로 걸음을 옮겼다. 중학교 2학년 남자아이 세 명을 가르쳤다. 수업에서 아이들은 여성 혐오적 언행을 일삼는 유튜버가 유행시킨 '앙기모띠'라는 표현을 말끝마다 붙였고 '애무' 같은 단어를 말하며 즐거워했다. 준비해 간 수업은 엉망이 됐다. 수업이 모두 끝나고 원장이 "아이들이 장난은 많이 쳐도 해야 할 공부는 열심히 하지요?"라고 웃으며 물었고, 나는 "아니요. 오늘은 한계였어요."라고 답했다. 버스를 타고 집으로 돌아오다 중간에 내려 자전거를 대여했다. 속에서 열이 나 가만히 앉아 있을 수가 없었다.

사는 게 너무 구질구질하다는 생각이 들었다. 불행하다는 느낌에 휩싸였다. 우연하고 나쁜 일들이 발생하고 그런 일들로 내 일상이 구성된다는 생각에 화가 났다. 깨끗하고 안전한 일상 속에만 있고 싶었다. 그러한 일상을 만들어가기엔 내가 가진 자원이 너무나 부족하고 앞으로도 늘 부족할 것이란 생각에 좌절했다. '일상은 투쟁이다.' 이렇게 구질구질한 투쟁들로 삶이 계속되겠구나. 나는 익숙한 방식으로 비관했다.

정한아의 시집을 발견하고 읽는 내내 기쁨에 차 웃었다. 그는 시집의 처음부터 끝까지 화내고 있었다. 이렇게 멋지고 재미있는 <시인의 말>은 처음 봤다.

언니, 배고파?/……아니./졸려?/……아니./그럼 내가 만화책 빌려 올 테니까, 그때까지 자살하지 말고 있어!//띠동갑 동생은 잠옷 바람으로 눈길을 걸어/아직 망하지 않은 만화대여점에 가서/『천재 유교수의 생활』을 빌려 왔다./우리는 방바닥에 엎드려 만화책을 봤다./눈이 아하하하하하 쏟아졌다.//그 후 20년, 이 만화는 아직도 연재가 안 끝났다. 그건 그렇고,//내 동생을 괴롭히는 자는 처참한 대가를 치르게 된다.//얼굴에서 웃음기가 싹 가신 이들에게 이 시집을 바친다.

『울프 노트』는 '얼굴에서 웃음기가 싹 가신 이들에게' 바치는 시집이다. 정한아의 언어는 오랫동안 폭력적인 세상에 맞서 싸워 온 사람의 단단하고 유연하며 날렵한 몸 같다. 그의 언어는 우리의 존재를 꺾어 버리려는 그들의 급소를 사정없이 내리친다. 지속적으로 힘겹게 싸워 온 사람의 내부란 복잡하게 변화해 왔기 마련. 그간의 싸움으로 우리는 얼마나 더 예민해졌으며 더 능수능란해졌는지, 또 그간의 싸움으로 우리는 얼마나 깊이 스스로를 의심하고 원망해 왔으며 스스로에게 벌을 내려 왔는지. 정한아의 언어와 몸에는 매서운 감각과 유쾌한 능청뿐 아니라 자기에 대한 끝도 없는 의심과 밝은 날 소나기처럼 쏟아지는 피해의식, 자책감과 죄책감까지 빼곡하게 새겨져 있다. 피로감과 무력감 그리고 약간의 우울은 당연한 것.

그는 이 모든 진실을 그대로 받아들인 것처럼 보인다. 삶은 계속되고 나쁜 일들은 끝도 없이 일어난다. 삶을 지속하는 한 나쁜 일들에 맞서 싸우는 수밖에 없다. 그리고 싸움으로 비롯된 모든 것들을 받아들이는 수밖에 없다. 정한아에게 역시 일상은 투쟁이지만 그는 승리를 가슴에 품고 희망을 말하는 투사가 아니라 어디에서 피가 쏟아질지 모르는 불안과 어지러움을 감당해 내며 눈물 젖은 과거를 곱씹는 투사다. 미학과 정치, 예술과 윤리에 관한 책들의 서재를 가졌으나 그와는 전혀 상관없어 보이는 구질구질한 일상을 건너가야 하는, 그러면서도 철학과 현실의 간극을 매 순간 느끼며 자기를 심판하고 또 구제하고자 했던 투사다.

PMS는 피가 쏟아지기 일보 직전. 몸이 붓고 유방이 아프고 아랫배가 뻐근하고 두통이 욱신거린다. 그때마다 고민한다. PMS 때문에 내가 미쳐 날뛰는 것일까 아니면 내가 원래 미쳐 날뛰는 인간인데 PMS 탓을 하고 있는 것일까. 정한아의 시는 무척 길다. 말도 많고 화도 많은 타입. 아니, 그래서 뭐 어쩌라고? 그녀는 생리 전이다. 우리의 이야기는 무척 길다. 말도 많고 화도 많은 타입. 아니, 그래서 뭐 어쩌라고? 몸에서 피가 쏟아지는 우리에게 싸움은 불가피하다.

정한아

「PMS」

『울프 노트』(문학과지성사, 2018)

15

투명한 슬픔의 힘으로 부르는 노래

그리하여 이 시대 나는 어떤 노래를 불러야 하나
아직도 새로 시작할 힘이 있는데
성한 두 팔로 가끔은 널 안을 수 있는데

너에게로 가는 길을 나는 모른다

최영미, 「너에게로 가는 길을 나는 모른다」 중에서

2017년 『황해문화』 12월 호에 최영미는 작품 「괴물」을 발표했다. 「괴물」에는 100권의 시집을 펴냈으며 노털상 후보로 이름이 거론된 인물 EN이 문단 술자리에서 여성 문인과 여성 편집자를 성추행하는 모습과 그런 행태를 묵인하는 문단 사람들의 모습이 그려져 있었다. 서지현 검사의 성폭력 고발로 미투 운동이 촉발되고, 2018년 2월 6일 최영미는 JTBC <뉴스룸>에 출연해 등단 당시 문단 술자리에서 경험하고 목격했던 성희롱과 성추행을 폭로했다. 남성 문인의 성적 요구를 거절하면 문단 권력을 통해 여성 작가에게 보복하는 문화가 존재했음을 고발한 것이다.

이후 3월 최영미는 국가인권위 문화예술계 성폭력 특별조사단에 진정서를 제출했고 4월 초 「괴물」의 모델이 된 원로 시인의 실명을 밝히며 자신이 경험, 목격한 일들을 진술했다. 7월 고은태는 최영미를 대상으로 손해배상 청구 소송을 제기했는데 법원은 1·2심 모두에서 최영미의 증언에 신빙성이 있다고 판단했다. 이후 고은태가 상소를 포기하면서 12월 3일 최영미의 승소가 확정됐다. 당시 최영미가 올린 글에서 제보를 받고 증거 자료를 모으는 과정에서 문단의 원로들이 외면하고 침묵했다는 것을, 미투시민행동을 비롯한 여성단체들과 여성변호사회의 도움으로 싸움이 가능했다는 것을 알 수 있다.

작품 속 뚜렷하게 정직하고 시대를 치열하게 고민하며 연대의 손짓을 건네었던 시인 최영미는, 자신이 경험하고 목격한 일들을 고발하고 미래를 생각하며 약자의 편에 설 줄 아는 인간 최영미와 연결되어 있다. 그는 시로 생각하고 말하며, 시처럼 생각하고 말하며 살아가기 위해 애쓰는 사람이다. 2020년 한 인터뷰에서 다른 미투 참여자들에게 하고 싶은 말을 묻자, 그는 "두려움 그 자체 외에 두려움은 없어요. 말해야 합니다."라고 답했다. 새삼 시인이란 멋있는 존재라는 생각을 했다.

「너에게로 가는 길을 나는 모른다」에는 생생하게 살아있는 시인 정신이 나타나 있다. 작품 속 나는 오랜 세월을 버티고 지금까지 살아온 자신의 내부를 너에게 까뒤집어 보여주고자 한다. 나는 자기 몸의 이미 썩어버린 부분과 아직 순결한 부분을 모조리 벗어 너에게 보여준다. 이를 통해 험난한 시간들을 지나오며 자신이 부정적이고 비관적인 세계관을 가질 수밖에 없었음을 이야기하고, 그러나 그러한 시간들을 지나왔음에도 자신의 고유한 순수와 정직은 그대로 살아남아 숨 쉬고 있음을 증명하고자 한다.

또한 지금까지의 시간들을 버텨내고 살아남은 자가 가질 수밖에 없는 슬픔과 그 슬픔으로 인해 밀려오는 부끄러움에 대해 낱낱이 고백한다. 슬픔과 부끄러움을 고백함으로써 자신이 아직 살아있는 양심의 소유자임을, 시인 정신을 지니고 있음을 증명해 낸다. 통렬한 고백을 통한 자기 증명은 지난 세월이 남긴 지독한 치욕과 상처의 흔적에도 불구하고 나는 앞으로의 미래를 성한 정신과 몸으로 살아갈 것임을, 그러함으로써 어딘가에 있을 너와 닿고 연결될 것임을 결의하고 호소하는 목소리로 이어지게 된다.

작품 속 가장 울림을 주었던 구절은 "아직 새로 시작할 힘이 있는데/성한 두 팔로 가끔은 널 안을 수 있는데"였다. 미투 운동에 대해 이야기하며 최영미는 자신이 가진 슬픔과 분노가 2016년 시인 B의 성폭력을 고발한 고양예고 학생들의 슬픔과 분노와 닿아있음을 느꼈으며 그 투명한 슬픔의 힘으로 맞서 끝내 이기겠다고 이야기한 바 있다. 작품에서 드러난 최영미의 시인 정신이 2018년 최영미의 미투 운동으로 이어지게 된 것이다. 싸우기 위해서가 아니라 알리기 위해서, 과거를 위해서가 아니라 미래를 위해서, 그 무엇보다 연대하고 응답하기 위해서. 작품 속 "그리하여 이 시대 나는 어떤 노래를 불러야 하나"라는 구절은 반복된다. 그는 시와 삶으로 자신이 불러야 했던 노래를 부른다. 우리도 그 노래를 따라 부르며 시인 곁에 섰으면 한다.

최영미

「너에게로 가는 길을 나는 모른다」

『서른, 잔치는 끝났다』(창비, 1994)

16

고통을 나누는 마음

약속은 자꾸 미뤄지지만

친구 되기를

그녀와 나는 노력해본다

이 삶에 대해서도

이근화, 「나의 친구」 중에서

이근화의 시집 전체는 죄책감 속에서 쓰인 것으로 보인다. 세월호 이후로(혹은 누군가의 죽음 이후로) 그는 숨 쉬는 방법을 잃어버린 것 같다고 느낀다. 죽음 이후 그는 자신을 사랑하는 방법을 잃어버린다. 죄가 그를 삼키고 그를 뱉는다. 죄로부터 튀어나온 그는 돌아갈 집이 없다고 느낀다. 그러한 일상이 반복되어 삶은 지옥이 된다. 죄책감이 쫓아올 때 그는 크고 분명한 공포를 느끼며 벗어날 수 없을 것이라는 감각에 짓눌리고 괴로워한다. 그런데 이 시집에는 벗어날 수 없을 것이라는 감각뿐 아니라 벗어나서는 안 된다는 의지 역시 새겨져 있다. 이 시집에는 죽음 이후 자신의 삶을 정당화할 수 없게 되어, 오직 죄책감에 머무르는 방식으로만 삶을 지속해 나가는 존재가 있다.

「나의 친구」는 '그녀'에 대한 묘사로 시작하는 작품이다. 시적 화자는 그녀의 턱, 입술, 머리카락, 눈을 묘사해 나간다. 이때의 묘사는 그녀를 하나의 상으로 그려내는 일이 아니라 그녀를 부분부분 생각해 보는 일에 집중한다. 이러한 묘사는 곧 태도다. 시적 화자는 죽은 그녀에 대해 선정적인 호기심을 갖지 않으려고 과도한 추측을 펼치지 않으려고 조심한다. 죽은 사람의 성별이 여성일 때, 사람들은 쉽게 여성성을 상징하는 신체 부분들을 소환하고 소비하며 망자에게 폭력을 가한다. 시적 화자는 폭력적이지 않은 방식으로 죽은 그녀의 아름다움을 말할 수 있는 방법을 고민한다.

이후 그녀에 대한 것인지 화자에 대한 것인지가 불분명한 서술이 이어진다. 입술 속에 숨어 손톱 밑에서 우는 사람은 누구일까. 그녀일까, 나일까. 시적 화자는 자신과 그녀를 분리한 채로 그녀에게 감정 이입하는 것이 아니라, 그녀와 하나 된 채로 그녀의 감정을 그대로 흡수해 버린다. 작품의 마지막 부분, 시적 화자는 그녀에 대한 태도와 그녀와의 관계에 대한 의지를 보다 분명하게 드러낸다. 그 모든 어려움에도 불구하고 그녀의 곁을 떠나지 않을 것이며 그녀와의 관계를 놓치지 않을 것이라고 말한다. "친구 되기를/그녀와 나는 노력해본다/이 삶에 대해서도" 이는 삶을 지속하는 방식이다.

이근화의 시에서 말하는 이는 여성인 타인에게 거리를 두지 못한다. 타인 그 자체가 되어 고통받고 울음을 터뜨린다. 타인의 고통을 흡수하였으므로 울고, 스스로에게 죄를 묻고 책망하는 과정에서 또 한 번 운다. 이근화는 자신으로 인해 조금씩 죽어가거나 이미 죽어 다시 살아날 수 없는 사람들에 대한 깊은 슬픔을 느낀다. 시인으로서 자신이 무엇을 쓴다 해도 타인의 죽음에 한발 다가갈 수 없음에 그 깊은 적막을 깰 수 없음에 완전히 절망한다. 그러나 어떻게 해서라도, 그 무엇을 써서라도 죽어가거나 죽음을 맞이한 이들에게 다가가고 싶어 한다. 그 절실함 가운데 시가 탄생한다.

시인은 타인이 자신을 부르는 소리를 듣는다. 그 소리를 받아 적으며 괴로워한다. 그것은 가까워지고 싶지만 가까워질 수 없고 살려내고 싶지만 살려낼 수 없는 사람의 소리이기 때문이다. 나의 친구인 여성이 고통받을 때, 우리는 한 몸처럼 그녀의 고통을 느끼면서도 그리고 그녀의 고통에 깊은 책임감을 느끼면서도, 그녀에 대해 말하거나 쓸 수 없게 된다. "약속은 자꾸 미뤄지지만" 우리는 그녀를 잃거나 잊고 싶지 않은 마음에 그녀의 곁을 계속 떠돌게 된다. 이 폭력적인 세계에서 여성이 여성에게 느끼는 죄책감이란 그런 것이다. 이근화의 시는 그 고통의 한가운데 있다.

이근화

「나의 친구」

『내가 무엇을 쓴다 해도』(창비, 2016)

17

여성의 고통은 어떻게 시가 되는가 1

고통으로 세계와 자신을 파멸시키기

(…) 神에게 부르심을 받은 나는 손톱 발톱

흙빛 되어 가벼워지는 나는 솜털 토끼가 되는 나는 사랑한다. 사랑한다. 천년만년 빌어먹을 빌어먹을 예복을 입고 뿔피리를 불며 그래, 더 큰 고통을 가지고 와. 위태로울수록 행복한 나는 발버둥 칠수록 아름다워지는 나는 그토록 자유롭고 치욕의 뿌리인 나는 허리춤에 채찍과 가죽구두 한 켤레 여전히 미친 말들의 마차를 몰고 정글을 헤쳐나가는 여전히…….

그래, 더 큰 고통을 가지고 와. 내 사랑

박서원, 「소명1」 중에서

시인 박서원은 1960년 서울에서 태어났다. 1989년 그는 잡지 『문학정신』에 「학대증」 외 7편의 시를 발표하며 문단에 등장한다. 이후 총 5권의 시집 『아무도 없어요』(1990), 『난간 위의 고양이』(1995), 『이 완벽한 세계』(1997), 『내 기억 속의 빈 마음으로 사랑하는 당신』(1998), 『모두 깨어 있는 밤』(2002)을 차례로 출간한다. 그런데 다섯 번째 시집의 출간 이후 그는 문단에서 자취를 감춘다. 긴 시간이 흐른 뒤인 2016년, 문단에는 그가 이미 사망했다는 소식이 전해진다. 그리고 신문 기사를 통하여 박서원이 2012년 5월 10일 세상을 떠났음이 알려진다. 이후 2018년 출판사 최측의농간은 박서원의 시편들을 정리하여 『박서원 시전집』을 발간하게 된다.

박서원은 두 권의 에세이를 통해 자신이 겪었던 고통스러운 삶의 경험들을 고백한 바 있다. 아버지의 죽음, 가족과 떨어져 가난과 외로움 속에 보냈던 어린 시절, 성폭행 사건과 그로 인해 임신이 불가능한 몸이 된 것, 평생 자신을 괴롭혔던 기면증의 발발, 불륜이라 불리던 교수와의 사랑, 그리고 투병 생활. 시인 김승희는 박서원의 삶이란 가부장제 사회 속 여성이라는, 하나의 비극적 상징이라고 이야기한 바 있다. "박서원의 삶은 하나의 눈물겨운 상징이다. 그의 삶은, 한국이라는 아주 특수한 가부장 문화를 가진 땅에서 가진 것 없이 태어난 한 아름답고 재능있는 여성이 겪어야 하는 온갖 종류의 고난을 뭉뚱그려 가지고 있는 샘플이다."*

박서원은 따로 시를 배운 적이 없는 시인으로 알려져 있다. 1인칭 고백의 문체를 통해 자신이 경험한 지독한 삶의 경험들을 고백 나아가 폭로했던 문장들이 자연히 시가 된 것이다. 그러므로 그의 삶을 아는 것은 그의 시를 읽기 위한 한 방편이 될 수 있으며, 기존의 연구 역시 생애사를 바탕으로 시를 해석해 내고 있다. 한국 시단에서 박서원의 시는 90년대 여성주의적 문학의 깊이를 더했다는 평가를 받고 있다.

이때 여성주의적(feministic) 문학이란 여성적인(feminine) 문학과 변별되는 것으로, 가부장적인 남성 질서에 의해 억압되었던 여성의 목소리를 드러낸 작품들을 말한다. 한국 시사에서 고정희, 김승희, 최승자, 김혜순, 김정란 등의 작품이 여성주의적 문학으로 평가받는다. 여성주의적 문학의 계보에 있어, 박서원의 시는 "무의식을 언어의 세계로 끌어들여 억압된 욕망의 위장된 성취를 쓴 것"**이며 "여성의 몸 혹은 무의식의 발견으로 출렁이는 해체와 전복의 문체를 가진 것"***이라고 평가받는다.

『박서원 시전집』 끝에 실린 평론가 황현산의 글에서 생전 시인에 대한 인상과 그의 삶이 어떻게 시로 연결되었는지를 읽을 수 있다. 황현산은 박서원을 불리한 삶의 여건들을 새로운 재산으로 바꾼 시인이라고 이야기하며, 『난간 위의 고양이』(1995)와 『이 완벽한 세계』(1997)는 한국어가 답사했던 가장 어둡고 가장 황홀했던 길의 기록으로 기억되어야 마땅하다고 이야기한다. "어느 날 시인 김정란이 원고 한 뭉치를 들고 와 내게 보여주었다. 그 원고 뭉치의 처음 몇 장을 넘기면서 나는 '꽃들이 피를 흘리며 만발한 것 같다.'라고 말했다.", "최근에 박서원이 세상을 떠났다는 소식이 문단에 흘러들어 왔다. 죽음의 자세한 정황도 시기도 아직 알려지지 않았지만 그가 이 세상 사람이 아닌 것만은 사실인 것 같다. 고결한 재능을 뽐냈던 그의 시집 두 권을 편집했던 사람으로 그의 죽음을 애도한다."****

박서원은 고통을 드러내는 방식으로 시 세계를 만들어간다. 자신을 망가뜨린 세계의 폭력을 고발한다. 첫 번째 시집에 실린 작품 「엄마, 애비 없는 아이를 낳고 싶어」에서 그는 "엄마, 애비 없는 아이를 낳고 싶어"라고 반복적으로 서술하는데, 이를 통해 자신의 상처를 들춰내고 그로부터 자신에게 폭력을 가한 남성과 남성 중심의 질서를 고발한다. '애비 없는 아이'를 낳고 싶다는 말은 기존의 질서가 부정하고 혐오하는 존재를 잉태하고 출산함으로써 이 세계에 균열을 내겠다는 뜻으로도 해석 가능하다.

문제는 시 세계를 만드는 과정이 시인 자신에게 다시금 상처가 된다는 것이다. 그는 상처받은 자신을 드러내며, 이 세계가 진실되기보다는 거짓된 곳이며 평화로운 곳이라기보다는 갈등과 싸움으로 점철된 곳임을 말한다. 이러한 작업의 과정은 자신이 얼마나 상처받았는지 확인하게 하고 결국은 고통을 중심으로 정체화하게 한다. 그는 자신을 이 세계에 심어진 '경멸', 하늘 아래 '망가진 인형'으로 인식한다. 고통으로 자기를 정체화한 존재가 세계에 자기 존재를 심고자 할 때 세계는 흔들리기 시작한다. 이제 박서원이 잉태하고 출산하고자 했던 '애비 없는 아이'란 시인 자신으로 읽힌다.

박서원의 작품은 세계를 파멸시키고 있다는 희열과 자신이 파멸된 존재이며 앞으로도 그러할 것이라는 절망과 허무로 파도친다. 「소명1」에서 그는 저주받은 존재로 살아가는 일을 자신의 소명으로 삼았음을 말한다. 늘 벌을 받고 있다는 느낌, 저주받은 살을 지니고 있다는 느낌, 더 위태로워지고 더 발버둥 쳐야만 스스로의 존재를 확인할 수 있다는 느낌, 지금 느끼는 경멸과 치욕의 근원이 자기에게 있다는 느낌, 고통으로부터 벗어날 수 없기에 이를 사랑해야만 한다는 느낌, 이러한 느낌들로 시는 채워진다. "그래, 더 큰 고통을 가지고 와. 내 사랑"

기존의 연구들이 주장하고 있듯, 박서원은 분명 기존의 언어(질서)가 해석 불가능한 방식으로 여성 주체의 힘을 드러낸 시인이다. 어떻게 호명하여 어떻게 의미화할 것인지의 문제가 얼마나 중요한지 이해하면서도, 이 글에서 나는 박서원의 시를 읽는 일이 너무나 가슴 아픈 일이라는 점에 대해 더 이야기하고 싶다. 저주에 가까운 문장들을 쓰면서 그는 얼마나 괴로웠을까. 자신의 고통을 드러내는 방식으로만 세계에 목소리를 내면서 그는 얼마나 힘들었을까. 우리는 '가부장적 세계에서 여성은 고통의 둘레 안에서만 목소리를 내고 존재를 심을 수 있는 것일까?'라는 질문을 던져보아야 한다. 폭력으로 인해 상처받은 여성도 그로 인해 고통에 침몰된 여성도 다시 삶으로 갈 수 있어야 한다. 문학은 고통을 드러내는 일을 통해 세계에 틈을 내는 일뿐 아니라, 고통 이후의 삶으로 다가갈 수 있는 길 또한 될 수 있어야 한다. 어떻게 고통받은 여성은 문학을 통해 다시 삶으로 갈 수 있을까.

박서원

「엄마, 애비 없는 아이를 낳고 싶어」
「소명 1」

『박서원 시전집』(최측의농간, 2018)

*심승희, 「한국 현대 여성시의 고백시적 경향과 언술 특성」, 『여성문학연구』 18, 한국여성문학연구회, 2007

**김승희, 「상징질서에 도전하는 여성의 목소리, 그 전복의 전략들」, 『여성문학연구』 2, 한국여성문학연구회, 1999

***김정란, 「서 있는 성모들, 스바바트 마르테 Stabat Mater: 죽음의 육체를 견디는 여인들, 여성 시인들, 또는 육체의 수인囚人들」, 『비어 있는 중심: 미완의 시학』, 언어의 세계, 1993

****황현산, 「박서원을 위하여」, 『박서원 시전집』, 최측의농간, 2018

18

여성의 고통은 어떻게 시가 되는가 2

고통으로 삶의 중심에 다가가기

오늘 아침 나의 식물은

기어이 화분을 두 동강 냈다

징그럽고 억척스럽고 비대해진 뿌리들이

그 안에 갇혀 있었다

김소연, 「손아귀」 중에서

젊은 시절 김소연은 박서원을 발견하였다. 과거 박서원의 시집을 읽고 받았던 인상을 다음과 같이 회고한다. "아직 20대였던 그 시절의 나는 이 시집에게 크게 힘을 얻어 여성으로 살아가는 일에 기대로 가득할 수 있었다. 입게 될 상처와 허름해질 육체와 부끄럽게 되거나 부끄러운 줄도 모르게 될 모든 풍상들에 기대를 잔뜩하고 있었다."*

김소연에게 그는 '여성성'이란 세계가 얼마나 강하고 따뜻하고 무한한 아름다움을 가졌는지를 알려 준 시인이었다. 많은 여성주의적 목소리를 내는 시인들 가운데, 김소연은 그의 목소리가 세상에 저항의 몸짓을 보내며 자기 자신에게 역시 저항의 몸짓을 보내는 아주 후련하고 여성다운 것이라고 느꼈다. 김소연이 박서원의 시집이 가진 힘을 표현한 위의 문장은, 역으로 젊은 시절의 김소연이 얼마나 강하고 아름다운 사람이었는지를, 그러하기에 밝은 눈으로 박서원을 발견하고 가질 수 있었음을 보여준다.

김소연은 말해야 할 것과 말하지 않아야 할 것을 구분하기, 이를 위해 자신의 육체를 세상의 모든 생물체로 둔갑시키기, 말하기 시작한 것은 거침없이 계속 말하기, 종국에는 고통을 흔쾌히 쓰기를 박서원에게서 배웠다. 물려받은 유산들이 시에 녹아 하나의 세계가 되었다. 침묵 속에서 시가 될 문장들을 길어 올리고, 지옥 같은 세계와 구제 불능인 사람들을 끓는 몸으로 써내고, 세상과 자신에 대한 무자비하고 엄혹한 사유들로 끝까지 달렸다. 김소연은 바람 부는 곳에 앉아 고통을 노래처럼 쓰는 시인이 되었다. 박서원에게서 발견했던 것은 자신이 미래에 써나갈 시였던 것이다.

물론 다른 목소리로 다른 세계를 만들어 냈다. 박서원이 폭력적인 세계로부터 상처받은 개인의 고통을 적나라하게 드러냈다면, 김소연은 폭력적인 세계에서 상처받고 또 상처 주면서 오랜 시간에 걸쳐 망가져 버린 사람의 면면을 드러내고자 했다. 박서원이 고통을 드러내는 일을 통해 세계와 개인을 파멸로 몰아붙였다면, 김소연은 고통을 드러내는 일을 통해 삶과 살아있음의 감각을 입증하는 데 몰두했다. 그러므로 박서원의 시가 죽음을 향해 달려갈 때 김소연의 시는 상처받은 개인을 둘러싼 삶의 저변들을 그려내며 조금씩 삶의 중심으로 다가갔다.

『i에게』에는 폭력적이고 무자비한 이 세계와 그로부터 고통받으면서도 계속 살아가는 징그러울 정도로 억척스러운 자신을, 아주 오랜 시간 동안 응시해 온 i가 등장한다. i는 나쁜 생각을 일삼지만 좋아하는 친구가 보내준 부추로 부추전을 해 먹느라 결국 나쁜 짓은 못 하고 마는 일상을 산다.(「경배」) 또 내게 소중하지 않고 나보다 약한 것들에 상처 내며 살아가다가 문득 자신이 돌이킬 수 없이 이미 망가져 버렸음을 깨닫기도 한다.(「손아귀」) i는 또 다른 i에게 묻는다. 우리 사이에 분명히 존재하는 악의와 죄가, 나를 죽은 채로 미쳐가는 나무처럼 만들고, 너를 웅크린 채로 엉엉 우는 돌처럼 만들어가고 있는 것이 아니냐고.(「i에게」) 그리고 나는 스스로와 서먹하게 지내고, 세계를 설명할 수 없다는 기분에 사로잡히고, 늘 사는 게 무섭지만 그럼에도 불구하고 살아가고 있다고 또 다른 i에게 소식을 전하기도 한다. (「i에게」)

나는 여성들이 고통에 골몰하거나 고통을 중심으로 자신을 정체화하거나 고통을 쓰지 않았으면 좋겠다. 어렵고 아프고 죽음에 가까워지니까. 그러나 고통에 골몰하지 않고 고통으로 자신을 정체화하지 않고 쓰거나 표현하지 않는다고 해도, 언제나 고통이 있다는 것 여성이 고통받는다는 것은 명백한 진실이다. 또한 이 세상에는 자신의 고통에 대해 말하지 않고서는 숨 쉴 수 없는 사람들이 일부 존재한다. 이 세상에 자신이 경험한 진실을 고백해야만 삶을 지속할 수 있는 사람들, 그 고백이 자신의 삶을 불행하게 만들지라도 말이다.

만약 그런 사람들이 있다면 나는 그들이 김소연을 발견하기를 희망한다. 김소연은 문학과 고통을 중첩시키는 가운데, 죽음으로 달려가기보다 삶과 뒤섞이며 자신의 존재 그리고 이 세계에서의 여성의 존재를 증명해 내는 아주 귀중한 시인이기 때문이다. 아니, 김소연이 박서원을 발견하였듯, 자기가 무엇을 잘못해서 이 지경이 되었는지 자신의 고통을 중심으로 삶의 저변을 탐색해 온 사람이라면 김소연을 발견할 수밖에 없을 것이다. 고통과 상처로부터 자신의 서사를 구성해 온 사람, 덕분에 늘 조금은 울적하고 억울한 얼굴을 하게 되는 사람, 입을 열면 하소연을 하고 마음을 드러내면 한스러움이 묻어 나오는 것이 지긋지긋하지만 결국은 진실로 자신을 드러낼 수밖에 없는 사람들이 그러하겠다.

자신을 발견해 준 사람들에게 김소연은 그 어떤 위로나 구원도 주지 않을 것이다. 다만 망가진 채로 사는 것이 이렇게 어렵고 망가진 채로 쓰는 것이 이렇게까지 구차하다는 이야기를 숨김없이 해 줄 것이다. 또한 망가진 자신을 드러내면서까지 이 세계에 자신을 심고자 하는 사람들의 멋쩍은 삶의 욕망에 대하여, 아주 가끔은 강하고 아름다워도 보이는 이 집념에 대해 함께 고백해 줄 것이다. 애저녁에 이 세계의 원리를 모두 알아버린 사람의 무시무시한 목소리로 말이다.

김소연

「경배」
「i에게」
「손아귀」

『i에게』(아침달, 2018)

*김소연, "지금 내 머리맡의 시집 한 권", 〈채널예스〉, http://ch.yes24.com/Article/View/25919

19

그녀(들)의 가능세계

이미 실패했지만 다시 실패하고 싶다

천체의 운행 손을 잡아도 기분이 없는 밤 밤을 떠
올리는 빈 나무 의자 의자가 되기 전 나무가 가졌을
그림 바지 자비 자비라는 오타 이야기 할 입과 듣지
않을 귀 남겨진 손 다시 남겨진 천체의 어마어마 그
냥 다 끝장났으면 그랬으면

백은선, 「가능세계」 중에서

우연한 계기로 <Piano Day Seoul> 공연에 다녀왔다. '피아노 데이'는 독일 뮤지션 닐스 프람(Nils Frahm)이 시작한 것으로 피아노를 연주하고 듣는 즐거움을 나누는 참여형 플랫폼 공연이다. 연습실로 쓰였다던 공연장에는 아름다운 갈색 피아노 한 대가 자리하고 있었다. 천장에는 둥근 조명 하나가 내려와 있었고 피아노 주변에는 마이크가 작게 설치되어 있었다. 그리고 바닥 한편에 초 하나가 켜져 있었다. 피아노는 둥글고 부드러운 느낌부터 시작하여 다양한 느낌의 소리를 냈다. 어린 시절 음악학원에서 딸깍하는 메트로놈 소리와 함께 지겹게 들었던 피아노 소리와는 달랐다.

공연은 듀엣 연주로 시작되었다. 네 명의 연주자는 기존에 알려진 곡을 연주하기도 하고 자작곡을 연주하기도 했다. 놀랍게도 누가 연주

하나에 따라 피아노는 전혀 다른 소리를 내고 전혀 다른 음악을 들려주었다. 피아노는 전통적인 클래식 곡을 연주하는 데 쓰인다고 생각했기에, 연주자가 피아노로 현시대의 어떤 절망을 표현했을 때 충격을 받았다. 김지연과 이상욱의 공연이 가장 인상적이었다. 두 사람의 곡에는 뚜렷하게 지금, 이곳의 어떤 절망이 새겨져 있었다. 슬프고 아름답고 허무한 느낌이 담겨 있었다. 특히 이상욱이 마지막에 연주한 자작곡은 왈츠였는데도 불구하고 그와 같은 느낌이 남아 신기했다.

공연은 피아노를 연주하는 두 사람의 존재를 명확하게 담아내다가도 두 사람의 존재를 홀연 사라지게도 만들었다. 피아노 소리만 남은 공간은 관객이 오고 갈 수 있는 빈 통로가 되었다. 두 사람의 음악에는 절망, 슬픔, 허무, 신비가 있어 나는 연주자들과 가깝게 대화하는 느낌을 받다가도, 두 사람의 음악은 빈 통로 같아서 나는 피아노 소리만을 즐기며 빈 통로를 내 것으로 만드는 즐거움을 느낄 수 있었다. 아름다움의 체험이었고 그로 인한 환희가 느껴졌다.

백은선의 작품 역시 고통과 절망에 대해 말하면서도 달려나가는 시 언어를 통해 독자들을 새로운 감각의 세계로 이끈다. 「가능세계」는 "이게 끝이면 좋겠다 끝장났으면 좋겠다"라는 문장으로 열리며, 문장에 담겨 있는 정신은 이 길고 긴 시의 마지막까지 이어진다. 그러나 그는 끝장났으면 좋겠는 이유나 목적에 대해 이야기하지 않는다. 그저 끝장나 보기 위해 계속 달린다. 극단적인 느낌의 언어들을 적극적으로 선택하고 배열하는 작업을 통하여, 이 시대의 어떤 절망을 정확하게 담아내는 동시에 절망 사이를 달리는 일을 행한다. 우리는 그가 건네 준 두 다리로 절망 사이를 달리는 일을 통하여, 아슬아슬한 곡예의 스릴과 시원하게 가슴이 열리는 기쁨을 맛볼 수 있게 된다.

백은선은 구체적인 고통과 절망의 장면을 펼치는 데는 관심이 없어 보인다. 보다 그는 고통과 절망을 말하고 그 말 사이를 달리고, 달리다 넘어지고 폭주하는 그 감각 자체를 드러내는 데 집중하는 것 같다. 그의 언어는 때때로 자학과 파괴로까지 나아간다. "오해받고 싶다 하염없이 넘어지고 싶다", "이미 실패했지만 다시 실패하고 싶다" 백은선의 시는 시대의 고통과 절망을 정확하게 담아내는 동시에 예술적 형식을 통해 작품을 경험하는 독자가 새로운 감각을 체험하고 그로부터 환희를 느끼게 한다. 이런 방식으로도 고통과 절망을 말할 수 있다는 것을 보여줄 뿐 아니라 그의 고통에 독자가 공명하게끔 한다.

백은선은 도대체 무슨 이야기를 하고 있는 것일까? 이러는 이유가 무엇일까? 질문들은 모두 잊자. 잊고 그저 함께 달리자. 우리는 백은선의 가능세계 안에서 함께 달리며 고통과 절망을 아름다움과 환희로 전복시킬 수 있다. 그러다 또 완전히 뒤집혀 실패할 수도 있다. 그러나 아마 다시금 일어나 달리고 또 달리게 될 것이다. 아주 아름답게, 끝장나게.

백은선

「가능세계」

『가능세계』(문학과지성사, 2016)

20

이소호가 이경진의 입술을 열고 말을 불러일으킬때

시진아

언제부터 흉터가 우리의 놀이가 되었을까?

싸워서 얻는 게 당연하잖아

삶은 지옥

평화는 초현실

남반구와 북반구

우리는 서로의 환자가 되고

"적도에서 즐기는 치킨 게임"

이소호, 「서울에서 남쪽으로 여덟 시간 오 분」 중에서

2018년 3월 12일 화요일 아침에 집을 나서며 나는 이런 생각을 했다. “아침에는 엄마와 아빠가 또 큰소리를 내고 싸웠다./내가 스물아홉이나 먹어서 이런 일기를 쓰다니 참 내 인생도 안됐다./(중략)/이건 한심하고 멍청한 일이야./이런 생각을 해본 건 처음이다.” 홀로 했던 생각을 그날 오후 일기장에 적었다. 이것은 용납될 수 없는, 아무도 몰라야만 하는 생각이었기 때문이다. 누구에게나 아무도 몰라야 하는 느낌과 생각이 있다. 우리는 그것들을 각자가 쥔 비밀 일기장에 조용히 적고, 우리 안에서 그것들이 어느 날 애초에 없었던 것처럼 망각되기를 바라며 살아간다. 그렇게 해야 계속 살 수 있기 때문이다.

하지만 2018년 12월 발간된 이소호의 『캣콜링』은 입술을 연다. 이소호는 고백하지 않고는 견딜 수 없는 상태에 있었을 것이다. 그래서 자신이 경험한 삶을 낱낱이 말하기로 결심한 것이다. 한 사람의 고백은 처음부터 끝까지 나를 뒤흔들었고 결국은 입술을 열도록 만들었다. '소호'는 자신의 개명 전 이름인 '경진'을 사용하여 자유로운 말들의 세계를 얻는다. 시집은 총 다섯 챕터인 <1부 경진이네>, <2부 가장 사적이고 보편적인 경진이의 탄생>, <3부 한때의 섬>, <4부 경진 현대 미술관>, <5부 서른한 가지 이경진을 위한 아카이브>로 구성되어 있다.

한집에서 동거 중인 자매 경진과 시진은 서로에 대한 살의를 느낀다. 경진은 동생을 뒤집어 놓고 재우면서 시진은 사과를 깎던 칼을 들이밀면서 자매는 서로에 대한 애증을 드러낸다. 이소호는 삶이, 집이, 관계가, 자신의 몸과 마음이 비좁아서 견딜 수 없었던 것 같다. 그는 아무에게도 할 수 없는 이야기를 시에 하기 시작하면서 폭주한다. 너무 비좁아 견딜 수가 없는 상태는 자신을 비좁은 상태로 만든 가족 구성원에 대한 원한과 분노로 뻗친다. <1부 경진이네>는 고통과 신음으로 가득 차 있다.

경진과 시진은 틈만 나면 서로를 향해 칼날을 겨눈다. 두 사람은 먼저 자살하는 사람이 이기는 게임에 참가 중이다. 시진은 경진의 머리를 프라이팬으로 내리치며 사랑한다고 말한다. 경진의 엄마는 벨벳거미에 대한 다큐를 보던 중 거미가 산란 후 자식에게 자기 몸을 먹이로 내준다는 대목에서 할머니로부터 "거미 같은 년"이라고 욕을 먹는다. 경진은 엄마가 아이처럼 방문을 꼭 걸어 잠그고 우는 것을 본다. 그 모습을 본 경진은 극도의 분노를 느끼고 엄마에 대한 혐오감을 모욕으로 표현한다.

아버지와 경진의 애인 역시 그를 미치도록 만든다. 아버지는 언제나 교회에서 기도를 하며 자신의 비밀스런 죄를 용서하는데 아버지의 비밀이란 교회의 자매들과 잔다는 것이다. 아버지는 5월 8일에 온 가족의 머리를 깎아 제사상에 올리고(아버지는 다른 여자를 주워다가 머리를 깎아 제사상에 올리기도 한다.) 온 가족의 손바닥에 못을 박으며 우리가 가족임을 명시한다. 그리고 경진을 빨던 애인은 경진에게 네 시는 구리다고 거기엔 네가 들어있어서 더럽다고 반복적으로 말한다. 애인 앞에서 경진은 무릎으로 방바닥을 기고 엎어진 상처럼 운다.

이소호는 비좁은 '우리'의 바깥이 있을 거라고 생각해 본다. 그런 그의 소망은 연애를 하고, 해외에 나가고, 문단에 진출하며 짓밟히게 된다. 가족에 못 박히며 그가 느꼈던 비좁음의 폭력이 가족 바깥의 세상 역시 전부 점령하고 있었기 때문이다. 그곳에서 가장 사적이고 보편적인 경진이가 탄생한다. 이 세상의 남성들은 경진을 사랑한다는 이유로 경진을 팬다. 남자 친구는 숨도 쉬지 않고 지껄여 대는 말들로 경진을 가스라이팅한다. 스페인 거리의 낯선 남자는 아시아인 여성 경진에게 추파를 던지다 돌변하여 경진을 욕하고 위협한다. 문단 사람들이 모인 송년회에서 한 선배는 경진의 시를 평가한다는 명목으로 경진을 사정없이 후려친다. 폭력은 피해자가 스스로를 의심하도록 만든다. 결국 경진은 2부의 끝에 「사과문」을 쓴다.

시집의 해설에서 장은정이 비판하였듯, 지금껏 한국 문학장은 문학에 대한 기존의 정의를 유독 여성의 현실을 다룬 문학들에 적용하면서 페미니즘 문학을 손쉽게 판결하고 처분해 온 바 있다. 우리가 『캣콜링』이라는 제목의 시집을 받아 들었을 때, 이소호와 그의 시집이 응당 가져야 할 풍요롭고 아름다운 해석의 장부터 보호해야 할 필요를 느낀다는 것은, 오늘날 여전히 한국 문학장 안에서 페미니즘 문학의 자유와 가능성이 보장받고 있지 못함을 드러내는 것이다. 그러나 이소호의 시는 사랑받아 마땅하다. 이소호의 시는 우리의 입술을 열 뿐만 아니라 우리의 입술이 서로를 향해 말하도록 만들기 때문이다.

『캣콜링』은 <3부 한때의 섬>에 잠시 머물렀다가 <4부 경진 현대미술관>을 세운 후, 다시금 <5부 서른한 가지 이경진을 위한 아카이브>로 돌아온다. 1부의 끝에서 "이제/가족을 말하지 않고 나를 말하는 방법은/핑계뿐이다"(「경진이네-거미집」)라는 고백을 남겼던 이소호는, 마지막 장인 5부에서 너무나 여전하고 불행히도 영원해 보이는 이 지긋지긋한 가족에 대해 다시금 입을 열고 말을 시작한다. "시진아/언제부터 흉터가 우리의 놀이가 되었을까?" 이 문장에는 강렬함으로 인해 가려진 큰 구덩이 같은 서글픔이 있다.

이소호의 시에는 괴로움뿐 아니라 외로움과 슬픔이 있다. 가족이 나의 삶을 지옥으로 만드는 근원이 된 것은 가부장제라는 구조 때문임을 알면서도, 경진은 가족으로 인해 죽고 싶을 때마다 자신이 쥔 칼날을 또 다른 피해자 여성인 엄마와 동생 시진에게 겨눈다. 그리고 강하고 정확하게 휘두른다, 기필코 죽이겠다는 듯 말이다. 왜일까? 이 비좁은 집에서 경진은 자신의 외로움과 슬픔을 도와줄 수 있는 사람이 엄마와 동생 시진일 것이라 기대했던 것 같다. 경진과 가장 닮았고 가장 사랑하니까. 그리고 그것에 실패했을 때, 늘 실패할 것이라고 생각했지만, 정말 실패했을 때 쏟아지는 분노가 있는 것이다. 사랑과 기대가 그리고 삶에 대한 욕망이 결국 가장 큰 분노로 바뀐 것이다.

이소호의 시를 당신은 어떻게 읽을까. 우리가 삶을 그리고 삶의 가혹함을 불가피한 것이라고 느낄 때 쏟아지는 이런 문장들 앞에서 당신은 무엇을 느낄까. "하필 우리 살아 있으니까/겨누는 일을 멈추지 못하니까/슬펐어" 여성이 여성에게 느끼는 원한과 책망과 분노에 대해서 당신은 어떻게 생각할까. 나는 이소호를 읽으며 사람들과 대화하고 싶다. 이 시집은 아름답고 풍요로운 말들의 장이 될 것이다.

이소호

「경진이네–거미집」
「서울에서 남쪽으로 여덟 시간 오 분」

『캣콜링』(민음사, 2018)

3

21

그녀가 내 의자를 넘어뜨렸다

내 가슴 속에서 지구는 돌고

구름은 내게

내 사랑의 이름을 묻지 않는다

박상순, 「내 가슴 속에서 지구는 돌고」 중에서

영화 <꿈의 제인>(2017)에는 가출 청소년 소현이 등장한다. 소현은 정호의 애인인 트랜스젠더 제인을 만나 제인이 엄마로 있는 가출팸에 들어가게 된다. 그곳에서 제인의 보살핌과 지수와의 우정으로 소현은 짧지만 행복한 날들을 보낸다. 그러나 소현은 제인과 지수를 잃어버리고 만다. 소현은 자포자기한 상태로 "방법을 모르겠어. 어떻게 해야 사람들 곁에 같이 있을 수 있는지."라고 말한다. 삶과 관계에 지칠 때면 소현의 말을 혼자 입에서 꺼내고 다시 마음으로 집어넣고 다시 입으로 꺼내곤 했다. 반복 끝에 소현의 말은 나의 말이 되었고 삶의 일부가 되었다.

과거 나는 사랑으로 가득 차 있었다. 사람들에게 마음을 퍼 주면서 그들 곁에 있는 일에 어려움을 느끼지 않았다. 관계에서의 위기와

갈등을 겪어냈고 힘들어도 관계를 포기하지 않았다. 양껏 퍼 줘도 사랑이 언제나 남아있었다. 그러나 현재 나는 사랑을 많이 잃어버렸다. 먹고살기 힘든 날들이 이어져 마음이 좁아졌고, 지극한 마음을 나누던 관계 몇몇에 실패하며 크게 상처받았기 때문이다. 마음의 가난은 쉽게 회복되지 않는다. 마음이 가난한 사람은 사람들과의 관계를 어려워하니까 더 빠르게 깊이 가난해진다. 마음의 가난은 불가피하고 그러므로 서럽다. 마음이 가난하다는 걸 깨닫고 앞으로 새로운 관계를 만들지 않겠다고, 지금 있는 관계들을 유지하는 데만 애쓰겠다고 생각했다. 그러나 삶의 조건들이 변화할 때마다 새로운 사람들은 나타났다. 너무 겁이 났다. 내게 관계는 이제 사랑이 아니라 책임의 문제였기 때문이다.

나는 내가 책임질 수 있다고 생각하는 사람에게만 응답했다. 기존의 관계를 책임지는 일 또한 쉽지는 않았다. 사람들과의 상황은 갈수록 나빠졌고 우울도 심해졌다. 나중엔 어떻게 공감하고 위로해야 하는지 갈피를 잡을 수가 없었다. 손바닥을 펴면 쥐고 있던 것들이 다 사라져 버리는 기분이 들었다. 소통 불가능한 관계라는 판단이 들면 관계를 포기하고 싶어졌는데, 내가 포기하면 그가 삶을 포기할까 그것도 할 수가 없었다. 너를 이해한다고 거짓말을 했다. 그리고 새롭게 밀려들어 오는 사람들에 나는 신나게 휘둘렸다. 마음에 벽을 세우고 철문을 닫아 놓아도 사람들은 찾아왔다. 슬쩍 다가와 건네는 신년맞이 엽서나, 매일같이 밥 먹었냐고 묻는 메시지. 닫힌 마음 곁에 와 가만히 선 사람들이 있었다. 마음에서 무언가 허물어져 내렸다. 나를 쳐다보는 뜨거운 눈빛, 귓가를 울리는 목소리, 성큼성큼 다가오는 매혹이 있었다. 또다시 사랑하는 사람이 생겼다.

박상순의 「내 가슴 속에서 지구는 돌고」라는 시는 이렇게 시작한다. "그녀가 일어났다/내 의자를 넘어뜨렸다./나는 온종일 넘어진 의자를 맴돌았다" 내 마음이 가난하든 풍요롭든 그녀는 일어나 아무렇지 않게 내 의자를 넘어뜨린다. 나는 온종일 넘어진 의자를 맴돈다. 관계에 대해 생각할 때면 문득문득 이 작품 생각이 났다. 가만히 자리를 지키고 싶었다. 그러면 내가 온전하게 지켜지고 삶이 조금은 안정될 것 같았다. 그런데 누군가 불쑥 의자를 넘어뜨리는 사건은 늘 일어났고 그러면 나는 기필코 의자 주위를 맴돌고 말았다. 내가 넘어진 마음을 수습하기도 전에 나의 그녀는 뻔뻔한 얼굴로 큰 목소리를 내기 시작했다. 내 존재와 삶의 결들을 읽어주는 그녀의 목소리를 나는 당해낼 수가 없었다. "일어선 그녀는 내 책장에 꽂힌 책들의 제목을 큰 소/리로 읽고 있었다/나는 온종일 그녀를 바라보며 맴돌고 있었다"

어른이 되면 의자가 넘어져도 의자를 맴돌지 않을 줄 알았다. 의자를 일으켜 세울 줄 알았다. 그녀가 책장에 꽂힌 책들의 제목을 소리 내어 읽어도 그녀를 중심으로 맴돌지 않을 줄 알았다. 그녀를 외면할 수 있을 줄 알았다. 완전히 어리석었다. 내 안에 중심이 생겼다고 타인의 호명을 외면할 수 있는 건 아니었다. 내 안에 중심을 가지고 너라는 중심을 맴도는 일이 가능하다는 걸 알게 되었다.

문제는 관계가 시작되면 그녀가 내 의자를 넘어뜨리는 사건뿐 아니라, 그녀가 내 책장에 꽂힌 책들의 제목을 큰 소리로 읽는 사건뿐 아니라, 그녀가 나를 두고 떠나는 사건 역시 벌어질 수 있다는 것이다. 누군가와의 관계가 시작된다는 것은 온전하고 매끈한 사랑을 할 수 있게 된다는 것이 아니다. 우리가 서로를 중심으로 아름답게 도는 사건은 벌어지기 힘든 것 같다. 보다 닥쳐오는 사건들에 얻어맞을 일들만 잔뜩 생겨난다. 내가 가난한 마음을 힘들게 끌어안고 너로부터 나를 보호하고 벽을 세우려던 것이 바로 이 때문이다. 나는 이 모든 사건들을 감당할 자신이 없다. 그런데 자꾸 사건이 일어난다.

나는 아직 고민 중이다, 사람을 사랑하는 일과 마음에 관하여, 내 가슴속에서 도는 지구를 가만히 느끼면서. 박상순의 작품을 고른 또 하나의 이유가 있다. 나는 그의 시가 읽는 사람의 마음에 자유를 주는 것 같아서 좋다. 그가 이야기하는 사랑은 언제나 그 무엇도 될 수 있는 것처럼 느껴진다. 나는 이 시를 여자와 여자 간의 관계, 사랑으로 감각하며 읽었다. 작품을 읽는 사람이 누구인지, 그가 맴도는 대상이 누구인지에 따라 마지막 연은 다르게 들릴 것이다. "내 가슴 속에서 지구는 돌고/구름은 내게/내 사랑의 이름을 묻지 않는다."

박상순

「내 가슴 속에서 지구는 돌고」

『Love Adagio』(민음사. 2004)

22

기다림을 향하여, 친구를 위하여

뭐해요?

없는 길 보고 있어요

그럼 눈이 많이 시리겠어요

예, 눈이 시려설랑 없는 세계가 보일 지경이에요

허수경, 「목련」 중에서

어릴 땐 소설을 좋아했다. 방학이면 외할머니 댁에 가 삼촌에게 천자문을 배우고 삼촌의 서재에서 책을 뽑아 읽었다. 삼촌은 학교 선생님으로 일하며 소설을 읽고 썼다. 삼촌이 돌아가시고 책을 물려받았다. 그쯤 90년대 한국 현대 소설은 이미 내 취향이 되어 있었다. 중고등학교 땐 논술 학원에 다녔는데 문학을 이야기하기 좋아하는 선생님들을 만나게 됐다. <메밀꽃 필 무렵>을 같이 공부하는 수업에서 메밀꽃을 달빛에 빗대어 표현한 구절을 읽는데 좋아서 죽을 것 같았다. 대학에 들어가 소설을 써보려고 여러 모임을 찾아다녔다. 사람들이 네가 쓰는 건 소설이 아니라 시에 가깝다고 했다. 내가 감각과 이미지에 집착한다고 했다. 그때 처음, 내가 매혹된 것은 소설의 서사가 아니라 소설의 장면이나 문체였음을 깨달았다.

2012년 겨울, 시 창작 수업에 등록했다. 거기서 나로부터 나오는 것은 무엇이든 썼다. 시를 쓰려고 시를 읽기 시작했다. 시가 좋았다. 시가 아름다워서 내가 시를 좋아하는 것이라고 믿었다. 시를 더 깊이 읽고 싶었고 작품이 왜 좋은지를 보다 더 분명하게 표현하고 싶었다. 대학원에 가 한국 현대시를 공부했다. 시를 읽고 쓰는 일이 나와 타인의 마음을 깊게 들여다보는 일임을 알게 되었다. 나는 그런 일을 잘할 수 있는 사람이라고 믿었고 그런 일을 하며 살면 좋을 것 같았다. 그 생각이 나를 오랜 시간 시 곁에 붙잡아 두었다. 시간이 지나며, 시 곁에 있는 사람들에게는 다양한 욕망이 있고 어떤 욕망은 사람에게 상처를 주고 함께 사는 생태계를 망칠 수도 있다는 걸 알게 되었다. 내 욕망 역시 예외가 아니었다.

그래도 시가 좋았다. 시를 읽고 쓰는 사람이라면 자신의 마음과 욕망을 들여다보고 타인과 세상에 해가 되지 않도록 다스려야 한다고 생각했다. 그 생각을 믿으며 계속 버텼다. 시가 나를 알아봐 주니까 나도 시를 좋아할 수밖에 없었다. 아직도 어떤 작품은 내 마음을 깬다. 현실의 문제를 해결하고 하루하루를 살아내기 위해 나조차 외면하고 지내는 내 마음의 벽을 깬다. 내가 마음의 문제를 계속 생각하게 만들고, 내가 삶을 하찮은 일로 치부하지 못하게 한다. 세상에 응답하다 분노와 비참을 뒤집어쓰더라도, 마음의 상처를 낱낱이 해부하다 불행으로 치달아 가더라도, 시는 내게 그렇게 하라고 한다. 시를 쓰면 나는 살아 있는 사람이 된 것 같다. 그 착각의 반복으로 살아가고 쓴다.

자신의 존재에 골몰하는 것은 고독한 일이고 시를 쓰는 일 역시 고독한 기다림을 통해 이루어진다. 고독은 필연적으로 사람을 파괴하지만, 다행히도 고독이 만들어 낸 작품은 나를 고독으로부터 구할 수 있다. 읽기가 타인의 마음을 깊이 들여다보고 그의 목소리를 듣는 과정이며 그 과정에서 나의 마음도 발견할 수 있는 일이라면 시를 읽는 과정은 대화가 될 수 있다. 또한 쓰기가 자신의 마음을 깊이 들여다보고 표현하는 일이며 그로부터 누군가의 마음을 건드릴 수 있는 일이라면 시를 쓰는 과정 역시 대화가 될 수 있다. 작품을 읽고 쓰는 과정을 통해 사람들은 만날 수 있다.

어느 날 내가 쓴 작품을 읽다가, 시가 대화가 될 수 있다면 나는 내 시와 대화할 누군가를 조금은 생각해야 하는 것 아닐까 하는 생각이 들었다. 친구와 이야기할 때 나의 참담과 슬픔을 구구절절 말하고 미래를 비관하다가도, 친구의 삶과 마음은 껴안아 주고 싶고 친구의 미래는 응원해 주고 싶은 것처럼. 어딘가에 있을 나의 친구를 위해 나는 조금은 다르게 말해야 하는 것 아닐까.

허수경의 「목련」에는 한 자리에 서서 없는 길과 없는 세계를 보려는 사람이 나온다. 없는 길을 보는 일은 눈이 많이 시릴 정도로 어렵고 고된데 그럼에도 불구하고 그는 계속 그 자리에 서서 기다린다. 어떤 목소리가 그에게 없는 세계는 없다고 이야기하지만 그는 없는 길을 보려는 일을 멈추지 않는다. 그리고 끝끝내 무엇인가를 본다, 당신이 보낸 편지를 읽는다. 그가 보고 읽은 것이 없는 길인지 없는 세계인지는 알 수 없다. 그러나 한곳에 오랫동안 서서 없는 길을 보려는 사람에게는 기필코 무엇인가가 도착한다. 마음에 걸린 낮달의 말과 당신이 지면서 보낸 편지. 어떤 목소리가 다시금 그에게 물을 때 그는 대답한다. "뭐 해요?/예, 여적 그러고 있어요/목련, 가네요"

지금, 여기에 서서 미래, 다른 곳을 생각하고 이야기하는 힘은 없는 길과 없는 세계를 보려는 기다림의 과정 속에서 솟는 듯하다. 무엇을 어떻게 쓸 것인가, 나는 허수경처럼 쓰고 싶다는 생각이 들었다. 아니, 허수경처럼 기다리고 싶다. 시집의 앞에 실린 시인의 말을 덧붙인다. 어디선가 이 글과 닿을 나의 친구를 위하여. "아직 도착하지 않은 기차를 기다리다가/역에서 쓴 시들이 이 시집을 이루고 있다//영원히 역에 서 있을 것 같은 나날이었다//그러나 언제나 기차는 왔고/나는 역을 떠났다//다음 역을 향하여//2016년 가을/허수경"

허수경

「목련」

『누구도 기억하지 않는 역에서』(문학과지성사, 2016)

23

엄마, 처음 만나는 타인

어머니 옛말하시요

한 옛적에도

나 같은 이가 있었소

이야기가 없다

내 딸에게 매 저녁

말주머니를 털리어서

김명순, 「재롱」 중에서

엄마는 지금 내 나이에 나를 낳았다고 한다. 스물여덟. 엄마는 전라북도 부안에서 4남 1녀 중 둘째로 태어났다. 평안한 가정 환경에서 자랐고 좋은 친구들도 많이 사귀었다고 한다. 엄마는 고향에서 중, 고등학교를 나온 후 서울로 상경하였다. 서울 남대문 새벽 시장에서 일하면서 대학 입시를 준비하는 남동생들을 뒷바라지하기 위해서였다. 엄마는 나처럼 무서운 아빠를 가져본 적이 없고 싸우는 부모 밑에서 자라본 적이 없다. 그러므로 엄마는 나를 이해하지 못한다. 거꾸로 나 역시 딸이라고 소중히 여기는 동시에 딸이기에 대학에 보내지 않는 부모를 만나본 적이 없다. 나는 엄마를 이해하지 못한다.

엄마는 몇 남자와 연애했지만 사랑을 느끼고 퐁당 빠져본 적은 없었다고 한다. 또 사주팔자에 이른 나이에 남자를 만나면 위험하다고 나와, 엄마는 조심 또 조심했다고 한다. 인생에서 가장 행복했던 때를

물으면 엄마는 결혼 전 친구들과 동거했을 때를 꼽는다. 지금도 엄마는 동성 친구들에게 인기가 참 많다. 엄마는 아빠를 중매로 만났고, 아빠가 성실하고 열정적인 사람이기에 함께 먹고살기에는 괜찮을 것 같다고 판단했다. 아빠의 구애 끝에 엄마는 일곱 살 많은 아빠와 결혼했다. 만난 지 두 달 만의 결정이었다.

엄마 덕분에 나는 세상에 나왔다. 엄마는 작은 꽃집에서 쉴 새 없이 일하며 예정일보다 늦는 나를 초조하게 기다렸다. 먹고살기 위해 아침 8시부터 밤 12시까지 연중무휴로 일하면서도 최선을 다해 나를 기르려고 노력했다. 그러면서도 자주 미안하다고 말했다. 맞벌이 가정의 아이가 그러하듯이 나는 한 손엔 즉석식품을 한 손엔 투니버스 채널을 끼고 살았다. 다행히도 학교에 다녀와 종일 학원을 뺑뺑이 돌고 조그만 동생 손을 잡고 집으로 걸어갈 때 나는 씩씩했다.

가난하던 시절 엄마와 아빠는 정말 죽어라 싸웠다. 서로에게 물건을 던졌고 천장에 피가 튄 적도 있었다. 한번은 엄마가 나와 동생을 데리고 바닷가 근처로 떠난 적이 있다. 그때 우연히 들어갔던 어시장 가운데 식당 풍경은 아직도 선연하다. 또 어떤 시절 엄마는 낡은 아파트의 부서진 거리를 걸으며, 내게 절대 커서 결혼하지 말라고 돈 많이 벌어서 혼자 위풍당당하게 살아야 한다고 말하기도 했다.

그 시절 이야기를 하며 결혼을 거부하면 엄마는 제발 과거의 일은 잊어버리라고 호소한다. 사실 나도 그러고 싶다. 이런 과거 이야기는 너무 전형적이고 구질구질하게 느껴지니까. 10대 때 목표는 오직 아빠를 닮지 않은 사람으로 자라나는 것이었다. 그러다 보니 스스로를 성찰, 검열하는 사람으로, 무엇이든 참고 견디며 책임지는 사람으로 자라나 버렸다. 엄마를 아주 많이 닮게 된 것이다. 나는 엄마의 우울과 신경증, 아무도 모르게 오랜 시간 지켜 온 고독까지도 닮았다.

그럼에도 불구하고 나와 엄마는 다른 사람이다. 엄마는 가정을 이루고 아이를 낳으면서 모성애가 실재한다고 믿게 되었다. 엄마는 본인이 그것을 생생히 경험해 보았다고 말한다. 엄마에게 나는 태어나 처음 경험해 본 사랑이다. 엄마에게 평생 가장 잘한 일은 자식을 낳아 기른 일이다. 그런 이야기를 들으면 무서워진다. 만약 나도 아이를 낳게 되면 내 존재를 모두 끌어다 아이에게 바치게 되는 것 아닐까. 내가 배운 모성애는 헌신이니까.

엄마는 엄마가 된 사람은 아이를 지키기 위해 무엇이든 할 수 있고 아이에 의존하여 사는 일을 견딜 수 있다고 말한다. 우리 엄마도 나를 지키고 나에 의존하여 삶을 견뎠을까. 엄마에게 삶이 견뎌야 하는 그 무엇이었다고 생각하면 마음이 쓰다. 모성애가 실재한다고 해도 그것이 여자에게 좋은 사랑일까. 모성애는 너무 가혹하여 여자를 힘들게만 만드는 것은 아닐까. 모성애는 책임감과 헌신으로 일구어진 너무 뜨거운 사랑 아닐까. 엄마는 그것을 쥐고 여기까지 걸어오느라 몸이 다 녹아버린 것은 아닐까.

나에게 어린 시절은 보물 창고이자 되풀이되는 악몽과도 같다. 어쩌면 어린 시절은 우리 삶의 전반을 결정짓는 것일지도 몰라, 나는 친구들과 끔찍한 농담을 하며 하하호호 웃는다. 우리는 그것과 합치하는 삶을 위하여 혹은 그것에 반하는 삶을 위하여 모진 애를 쓴다. 누구든 나처럼 끝없이 스스로를 탐색하는 사람이라면, 어린 시절과 부모는 계속 들춰보고 싶은 근원일 것이다. 우리 모두에게 엄마는 아주 특별한 의미다. 엄마가 있건 없건, 엄마를 사랑하건 사랑하지 않건. 나에게 엄마는 평생 동안 질문을 던지고 싶은 존재, 옆에 앉으면 가만히 빛이 쏟아지는 존재다. 내게 엄마는 처음 만난 사랑이자 처음 만난 타인이다.

김명순은 한국 최초의 여성 소설가이자 시인이다. 김명순은 일제강점기와 가부장주의, 문단의 남성 중심주의하에서 한국 근대문학을 주도해 갔던 여성 문학인이다. 당시 남성 작가들은 작품을 통해 김명순을 성적으로 방종한 신여성으로 그려내며 그녀를 모욕하고 조롱하며 문단에서 추방하고자 했다. 예컨대 작가 김동인의 <김연실전>은 김명순을 모델로 한 작품이다. 남성 중심적인 사회와 문단의 공격과 생활고로 인해 김명순은 불우한 삶을 살다가 일본에서 생을 마감하였다.

김명순은 당대의 어떤 시인들보다 뛰어나고 아름다운 작품들을 남겼다. 그녀의 작품들에는 스스로가 누구이며 어떤 사람인지에 대한 끝없는 탐구와 세상의 억압에 대한 치열한 저항이 새겨져 있다. 작품 「재롱」은 고독하고 불안하며 고통스러운 삶에서, 김명순에게 어머니와 아이의 존재가 기쁨이자 광명이었음을 보여준다. 그리고 김명순은 그들에게 말주머니였던 듯하다. "이야기가 없다/내 딸에게 매 저녁/말주머니를 털리어서"라는 시구에서 우리는 김명순의 사랑과 기쁨을 그대로 전달받을 수 있다. 아마 김명순은 어머니와 아이에게 힘이 되는 말주머니로 살아가기 위하여 그리고 살아남기 위하여 최선을 다했을 것이다. 그러한 최선이 김명순이 삶을 견디게 하는 뿌리 깊은 힘이 아니었을까 생각해 본다.

김명순

「재롱」

『김명순 전집』(현대문학, 2009 (《개벽》제24호, 1922년 6월))

24

미래가 온다

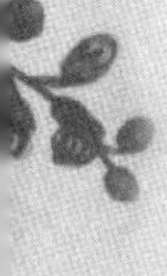

은재야

신흥시장을 지날 때

불러본다

그러니까 햇빛을 받는 것

구내염으로 밥을 먹지 못하는

아이를 곁에 두는 일에 관하여

나는

일찍이 알지 못한다

동성애자는 그런 걸로 슬퍼지지 않지만

은재야 부르는 목소리를 생각하면

어디선가 바람이 그림자를 흔들어

나뭇잎이 진다

김현, 「미래가 온다」 중에서

어떤 사람들은 자기 자신으로 살아가고 사랑하는 일만으로 정치가 되고 혁명이 된다. 제니 리빙스톤의 다큐 <파리 이즈 버닝Paris is burning>(1990)은 할렘 댄스홀에서 열렸던 성소수자들의 파티 이야기를 담고 있다. 2016년 가을, 이 영화를 모티브로 만든 무용 한 편을 보게 되었다. 네 명의 퀴어 무용수가 자신의 존재와 삶에 대한 이야기를 노래와 춤으로 표현한 작품이었다. 가슴에서 불꽃놀이가 터지는 것 같은 황홀을 경험했다. 그들은 자유로워 보였으며 그러므로 너무나 아름다웠다. 그때 깨달았다. '아, 내가 저런 사람들을 아름답다고 생각하고 사랑하는구나.' 퀴어라는 존재만이 가진 특별한 아름다움이 있다는 직관이 들었고 공연장에서 받은 강렬한 느낌을 언어로 표현해 보고 싶었다. 퀴어들의 존재와 삶이 가진 특별한 아름다움이란 무엇인지. 왜 내가 그것에 이토록 강렬한 끌림을 느끼고 종국엔 그것을 사랑할 수밖에 없는지.

퀴어 미학에서부터 시작했다. 퀴어 미학에 관련된 글을 찾아 읽었고, 퀴어 미학으로 읽어낼 수 있는 작가들의 작품들을 찾아보았다. 더 잘 이해하고 더 잘 표현하고 싶었다. 친구들과 모여 퀴어 이론 공부 모임을 만들었다. 퀴어 커뮤니티에서 열리는 모임들에도 종종 찾아갔다. 그곳에서 만난 사람들이 낯설고 동시에 반가웠다. 다른 학교에서 열리는 섹슈얼리티 수업을 찾아 들었다. 대학원 수업에서 나의 존재, 욕망, 관계, 사랑에 대해 숨김없이 그리고 거침없이 이야기해 본 것은 처음이었다. 학계의 여러 분야에서 공부하는 퀴어 친구들을 만나, 우리의 경험을 바탕으로 어떤 연구를 진행하고 싶은지 이야기를 나누었다. 흥분되고 재미있었다.

그해 여름, 한국 사회는 국정 농단과 대통령 선거로 들끓고 있었다. 한국 사회에서 성소수자 이슈가 얼마나 뜨거운지가 매일 살갗으로 느껴지던 때였다. 당시 대통령 후보였던 문재인을 성소수자 인권 단체의 활동가들이 무지개 깃발을 들고 찾아간 일이 있었다. 그 일로 성소수자 인권 단체의 활동가들은 경찰에 연행되었다. 그때 난 도서관에서 퀴어 이론가 이브 코소프스키 세즈윅(Eve Kosofsky Sedgwick)의 원서를 들여다보고 있었다. 인터넷에 뜨는 뉴스들을 보고 억울하고 화가 나 퀴어 이론이고 뭐고 가만히 도서관에 앉아있을 수가 없었다. 경찰 연행에 항의하는 집회가 서울 영등포 경찰서 앞에서 열린다고 했다. 택시를 타고 가는 길에 친한 친구에게 전화를 했다. 2년 동안의 고시 생활을 끝내고 갓 학교에서 선생님으로 일하기 시작한 친구였다. 친구와 억울하고 답답한 마음을 나누었지만 친구에게 쉽게 너도 집회에 나오라고 이야기할 수 없었다.

정작 집회 장소에 도착하니 마음이 진정됐다. 사람들 사이에 앉아 촛불을 들고 구호를 외쳤다. 시간이 지나면 지날수록 마음에 더 큰 안정과 평화가 찾아왔다. 그날 이후로 한국 사회에서 내 존재와 삶이 무엇이라 불리고 어떤 방식으로 정치화되는지, 이 사회에서 우리가 어떤 차별과 억압과 배제를 겪고 있는지를 보다 명확히 인식하게 되었다. 그리고 앞으로 어떻게 살아갈 것인지 어떤 방식으로 싸울 것인지를 고민하기 시작했다. 보다 적극적으로 내 삶을 정치화하고 싶다는 생각이 들었다. 퀴어로 살아가는 일에서 퀴어적으로 살아가는 일로 나아가고 싶었다.

시인 김현의 두 번째 시집 『입술을 열면』은 아름답고 단단한 책이다. 시집에 실린 시편들을 읽어 내려가다 보면, 한 인간이 이토록 실존적으로 삶을 끌어나가는 동시에 이토록 아름다운 시를 써 내려갈 수 있다는 점에 감격하게 된다. 이 책은 한 인간이 자신의 삶에서 선하고 바른 것을 추구하며 쟁취해 나가는 과정이 얼마나 아름답고 고귀한 것인지를 있는 그대로 증명한다.

그는 우리와 같이 살아가고 사랑하고 싸우고 쓴다. 그러므로 그는 우리와 같이 답답하고 억울하고 서글프고 절망적인 현실을 마주한다. 그러나, 그럼에도 불구하고 그는 "미래가 온다"라고 쓴다. 우리에게 미래라는 것이 있을 수 있을까? 이곳에서 우리의 미래는 불가능하고 요원하기에 이곳을 떠나 다른 곳으로 가야 하는 것 아닐까? 이곳을 바꾸기보다 이곳을 포기하고 떠나는 것이 더 나은 선택 아닐까? 그런 질문이 들 때 김현은 이곳에도 우리에게도 미래는 온다고 쓴다. "은재야"라고 부르면서 말이다. 시인 김현의 은재를 부르는 목소리는 이곳에서 함께 살아가고 사랑하고 싸우고 쓰는 친구들을 부르는 목소리다. 친구들은, 친구들의 이름은 하나하나 우리의 미래가 된다.

이곳에서 계속 살아가고 사랑하고 싸우고 쓰고 싶다. 언젠가는 떠나야 한다는 생각을 떠날 수밖에 없다는 생각을 그만하고 싶다. 언제나 내 인생에서 가장 중요한 것은 사랑이고 계속 살아간다면 계속 사랑하고 싶다. 그러므로 어쩔 수 없이 계속 싸워야 할 것 같다. 보다 퀴어적으로. 종로 3가 한복판에서 자유롭게 뽀뽀하기 위하여, 머뭇거리는 애인에게 우리의 미래를 선사하기 위하여. 살아남아 은재의 이름을 따뜻하고 부드럽게 부르기 위하여.

김현

「미래가 온다」

『입술을 열면』(창비, 2018)

25

미모사 곁에서

사랑하면 미안한

미모사

방금 내린 눈

잘못 날다가 나뭇가지에 가슴을 관통당한 울새

방금 본 그 눈

녹아버린 것들

날아가버린 것들

자기를 잠가버린 것들

자기를 영원히 잠가버린 것들

정한아, 「미모사와 창백한 죄인」 중에서

언젠가는 해야 한다고 생각했던 이야기를 이제야 꺼내 놓는다. 나는 사랑했던 집단으로부터 배척당한 적이 있다. 대학 시절, 친구를 돕기 위해 교내 인권센터에 도움을 요청한 적이 있다. 학교 산하 인권센터와 사건 처리를 위해 소집된 심의위원회 교수들은 가해자 편에 섰으며 심지어 나와 친구를 수차례 모욕했다. 이후 가해자는 우리를 고소하기까지 했다. 대학은 내게 여성학을 가르쳐 주고 여성 연대란 무엇인지를 경험하게 해준 최초의 공간이었다. 그러한 대학에서조차 인간이자 여성으로서 보호와 존중을 받을 수 없다는 사실은 충격적이었다. 그 일로 나는 크게 상처받았다. 공동체에 대한 트라우마를 갖게 되었다.

대학에서의 사건 이후 힘든 사람들끼리 있으면 더 힘들어진다는 생각과 그 어떤 집단에도 마음을 주면 안 된다는 생각이 가슴에 새겨졌다. 그 생각을 잊지 않으려고 가슴에 여러 번 새겼다. 당시 내게는 연대해야 했던 친구들이 있었는데 나는 그 누구에게도 완전히 마음을 주고 속사정을 털어놓지 못했다. 그들이 각자의 짐만으로도 이미 너무 버거워 보였기 때문이다. 사건 이후 나는 학교 가는 일에 구토감을 느꼈고 시간이 지나 대학원에 진학해서도 누군가 나에 대해 알고 있지 않을까, 어떻게 알고 있을까 하는 두려움과 강박에 시달렸다.

그 이후로 공동체는 언제나 내 삶의 화두였다. 원가정에서 잘 지내지 못했고 연인과는 늘 헤어지고 말았기에 나는 친구들과의 공동체를 꿈꿨다. 가끔 너무 사랑해서 죽고 싶을 정도로 친구들이 좋았다. 대학 졸업 후 취업 준비 기간이 길어지면서 친구들의 삶은 급격히 어려워져 갔다. 절반 이상이 우울증 진단을 받았고 그런 친구들의 곁을 지키는 일은 힘들었다. 난 우울에 쉽게 전염되는 사람이었기에 스스로가 위태로워질 때마다 가장 힘든 친구부터 나의 바깥으로 밀어냈다. 가끔 친구의 미래에 희망이 없어 보였고 그렇게 비관적인 생각이 들 때면 친구의 곁에서 떨어져 나왔다. 누군가의 미래에서 희망을 볼 수 없는 사람은 누군가의 곁에 있을 자격이 없다고 생각했기 때문이다. 나는 자격이 없었다.

친구들과 공동체를 이루고 싶다는 소망과 믿음이 무너져 내리며 힘든 사람들끼리 있으면 더 힘들어진다는 생각과 그 어떤 집단에도 마음을 주면 안 된다는 생각은 확고해져만 갔다. 결과적으로 두 가지 생각은 나의 존재를 가두었다. 두 가지 생각에 매몰될수록 나는 상처 입은 사람, 트라우마를 가진 사람이 되어 갔다. 또 상처에 민감한 사람, 다시는 상처받고 싶지 않은 사람, 오직 상처받지 않기 위해 사는 사람이 되어 갔다. 처음엔 생각이 나를 봉인했으나 이후엔 내가 나를 봉인했다. 당연히도 아주 빠르게, 완전히 혼자가 되었다.

시인 정한아의 『울프 노트』에는 미모사에 관한 두 편의 시가 있다. 「미모사와 창백한 죄인」은 다음과 같이 시작한다. “너무 예민한 것들 앞에서는 죄인이 된다/숨만 크게 쉬어도 잎을 죄 닫아걸고 가지를 축 늘어뜨/리는/미모사” 미모사는 너무 예민하고 연약하며 까다로워 가만히 있는 상대도 죄인으로 만든다. 미모사에게는 사랑도 폭력이 되고, 미모사는 조심스레 돌봐주지 않으면 죽음의 얼굴을 하고 돌아온다. 시적 화자는 그런 미모사가 사무치게 밉다. 그런데 이 돌출적인 목소리를 따라가다 보면 어느 순간부터 눈물이 나기 시작한다. 죽기를 바랐으나 그 어떤 존재로도 대체할 수 없었던 존재인 미모사가 죽고 말기 때문이다. 그때부터 이 시는 애도의 시로 읽히기 시작한다. 과거의 자신을 죽이고 싶었던 사람이 과거의 자신이 죽었음을 발견했을 때, 과거에 유폐한 자신을 다시는 과거에서 구출할 수 없음을 깨달았을 때. 이 시는 내내 우는 듯하다. 우는 소리가 들리는 것처럼 슬프다.

「미모사와 창백한 죄인」 뒤에는 「어떤 봉인」이 배치되어 있다. 숨 넘어가는 울음소리가 그치고 자신을 이해해 보려 더듬거리는 손이 등장한다. 언제 미모사가 눈꺼풀을 닫았는지, 왜 미모사가 꿈속에서도 도망하고 있을 수밖에 없었는지 헤아린다. 이 작품에서 시적 화자는 분노하지 않는다. 말할 수 없는 고통은 말하지 않을 수도 있다는 걸 짐작하고, 헤아리고, 기다린다. 이 기다림은 자기 존재에 대한 연민이고 사랑인 듯하다. 그 오랜 시간 상처받은 자신을 교정하기 위해 애썼던 자만이 베풀 수 있는 아량인 듯하다. 시적 화자는 미모사의 이름을, 미모사로 부를 수밖에 없는 자신의 이름을 여러 번 불러 본다. "미모사. 봉인의 속도가 존재를 대체해버린/미모사. 모든 감각이 통각인/미모사. 말할 수 없는 고통은 말하지 않을"

세상과 사람에 대한 믿음은 깨지기 마련이고 사랑할수록 상처받기 마련이다. 믿음과 사랑이 깨진 자리에 진실은 하염없이 나부낀다. 상처와 트라우마를 갖게 된 사람은 그때를 잊고 그때로부터 도망치기 위하여 자기 존재를 모두 쓴다. 그리고 스스로를 잠가 버린다. 믿음과 사랑이 부대끼는 장소로 돌아오기까지 자신을 봉인한 존재는 자신과 끝도 없이 싸운다. 과거의 자신을 죽이고 과거의 자신을 유폐하고 과거의 자신을 구하고 과거의 자신을 슬퍼하고 과거의 자신을 교정하고 과거의 자신을 어떻게든 자신에게 데려와 보려고. 이별하려고. 기다리고 싶어서. 나는 미모사와 나를 동일시하면서 또 미모사로부터 나를 밀어내면서 이 글을 썼다. 자기를 받아들여야 숨통이 트인다는 걸 이제는 안다. 세상으로 나와야 사람이 산다는 걸 이제야 안다. 정한아가 그러했듯 나도 미모사 곁에 서겠다.

정한아

「미모사와 창백한 죄인」

「어떤 봉인」

『울프 노트』(문학과지성사, 2018)

26

속절없이 우리는 사랑으로

공중에서 죽어가는 새는 중력을 거절하지 않네.

우리는 죽은 새처럼 말이 없네.

나는 너를 공기처럼 껴안아야지. 헐거워져서 팔이 빠지고, 헐거워져서 다리가 빠져야지.

김행숙, 「새의 위치」 중에서

시인 김행숙은 인간의 본질에 무엇이 있는지 고민하고 그 탐구의 과정을 시로 그려내 왔다. 시의 여정 가운데 그는 인간의 본질에 사랑이 있다고 확신하게 된 것처럼 보인다. 시집을 열면 울려 퍼지는 목소리를 들으며 나는 생각한다. 인간의 본질에 사랑이 있다고 믿고 말하기까지, 얼마나 오랜 시간 그는 인간에 대한 실패와 절망을 경험한 것일까.

눈이 풀풀 내리는 한겨울 시인은 혹 우리가 중력을 거스르며 날아오르는 새처럼 사랑의 욕망에 억지로 저항하고 있는 것은 아닐까 생각해 본다. 모든 무게를 내려놓고 서로의 품 안으로 추락할 수 있다면 얼마나 좋을까. 사랑한다는 것은 당신에게로 한없이 추락한다는 것이며 당신에게 매일매일 져도 상관없다는 것이다. "날아오르는 새는 얼마나 무거운지, 어떤 무게가/중력을 거스르는지,/우리는 가볍게 사랑하자. 기분이 좋아서 나는 너/한테 오늘도 지고, 내일도 져야지."

시인은 사랑하고 싶은 마음과 사랑받고 싶은 마음을 있는 그대로 줄줄 흘리며 당신 앞에 서고 싶다는 욕망을 감추지 않는다. 만약 그러한 사랑이 가능해진다면 나는 끝없이 가벼워져서 너에게 달려들 수 있을 텐데, 배신당할까 두려워 존재의 입구를 닫는 일 말고 상처받을까 두려워 존재의 내부를 꽝꽝 얼리는 일 말고. 만약 그러한 사랑이 가능해진다면 나는 온몸에 힘을 풀고 온전히 사랑으로만 녹아내릴 수 있을 텐데.

사랑에 자유로운 인간이 되기 위해선 용기가 필요하다. 이 겨울이 끝나지 않고 아름다운 눈이 영원히 내려 결국 나의 존재가 지워진다고 해도 사랑에 용기 낼 수 있을까. 곧 사라질 조그만 발자국 하나, 금방 흩어질 소곤거리는 목소리 한 줄기로만 나를 증명하면서 사랑을 계속할 수 있을까. 시인은 작디작은 존재가 된다고 해도 죽는다고 해도 사랑하고 싶다고 이야기한다. 인간이 만약 사랑으로 인해 죽음을 맞이한다고 해도 사랑에 용기 낼 수 있는 고귀한 존재라고 믿는다.

그렇게 사랑을 사랑하는 존재라서 사람을 사랑하는 존재라서 가장 처절하게 알고 있는 진실. 인간의 본질에는 사랑이 있으나 인간이 자기 존재의 본질을 구현하는 일이란 불가능에 가깝다는 것. 사랑에 실패하고 상실을 경험할 때마다 존재의 집이 꽝꽝 얼고 존재의 입구가 굳게 닫히기 때문에. 시인은 사람을 생각하고 사랑을 욕망하는 일이

허공의 성을 세우는 일이 될 수 있다는 걸 알면서도 불가피하게 사랑 앞에 다시 서는 인간 존재의 운명이란 얼마나 눈물겨운지 생각한다.

그러나 매일 저녁이면 몰려오는 인간적인 감정에 굴복한다. 자신의 나약함을 인정하고 다른 존재에의 희구와 사랑에의 욕망을 있는 그대로 받아들인다. 현기증이 몰려와 흐느낌이 되고 몸을 작게 만들수록 등이 축축해진다고 해도 매일 저녁 그는 사랑의 감정에 자신을 내준다. "가장 낮은 몸을 만드는 것이다//으르렁거리는 개 앞에 엎드려 착하지, 착하지, 하/고 울먹이는 것이다"

저녁의 감정이 그려내는 장면은 속절없이 아름답다. 그는 뒤따라오는 슬픔이 자신의 몫임을 안다. 그러므로 다시금 깊고 부서지기 쉬운 시간으로 돌아간다. 다독이는 목소리가 물결처럼 퍼지고 이윽고 사랑에 빠질 한 인간의 초상이 떠오른다.

김행숙

「저녁의 감정」
「새의 위치」

『에코의 초상』(문학과지성사, 2014)

정한아_미모사에게 보내는 사랑의 말들

김이듬_세상에서 가장 아름다운 호흡

진은영_아름답고 정치적인 페미니스트

이곳에 실은 인터뷰 세 편은 2018년 3월경 여성생활웹매거진 〈핀치〉의 편집장 정세윤과 크리에이터 신나리가 기획을 시작하여 〈핀치〉 사이트에 〈여성 시인 길어 올리기〉라는 제목으로 2018년 10월에서 2019년 1월까지 총 다섯 차례 발행했던 글을 초고로 두고 있다. 여성 시인 인터뷰 시리즈는 동시대를 살아가는 여성 시인의 삶과 작품 세계를 집중적으로 조명해 보기 위해 기획되었다.

우리는 이 인터뷰가 여성 시인과 독자가 만나 서로의 삶을 읽고 나누는 통로가 될 수 있기를 소망하였다. 시인의 시를 읽고 쓴 짧은 글 한 편과 인터뷰 요청 메일 한 통에 흔쾌히 인터뷰 요청에 응해 주었던 정한아, 김이듬, 진은영 시인에게 다시금 깊은 감사의 마음을 전하고 싶다.

시인의 시와 삶에 대한 긴 대화를 나누는 동안 함께 울고, 웃고, 연결되었던 기억이 떠오른다. 세 시인이 들려준 아름답고도 귀한 삶의 경험들은, 우리가 사람이 자기 자신에 대한 이해에서부터 타인과 세상에 대한 이해에까지 어떠한 태도로 어떻게 나아가는지를 들을 수 있도록, 듣는 경험을 통해 가슴 깊이 배울 수 있도록 도와준다.

첫 번째 인터뷰이 정한아는 1975년 울산에서 태어났다. 시집으로 『어른스런 입맞춤』(2011), 『울프 노트』(2018)가 있으며 시산문집으로 『왼손의 투쟁』(2022)이 있다. 첫 번째 인터뷰를 통해 정한아 시인으로부터 전달받은 '삶에 대한 용기'와 '인간에 대한 믿음'을 전하고자 했다.

두 번째 인터뷰이 김이듬은 1969년 진주에서 태어났다. 시집으로 『별 모양의 얼룩』(2005), 『명랑하라 팜 파탈』(2007), 『말할 수 없는 애인』(2011), 『베를린, 달렘의 노래』(2013), 『히스테리아』(2014), 『표류하는 흑발』(2017), 『마르지 않은 티셔츠를 입고』(2019)가 있다. 두 번째 인터뷰를 통해 김이듬 시인으로부터 전달받은 '여성 예술가로서의 실존'과 '세계와 인간에 대한 사랑'을 전하고자 했다.

세 번째 인터뷰이 진은영은 1970년 대전에서 태어났다. 시집으로 『일곱 개의 단어로 된 사전』(2003), 『우리는 매일매일』(2008), 『훔쳐가는 노래』(2012), 『나는 오래된 거리처럼 너를 사랑하고』(2022)가 있다. 세 번째 인터뷰를 통해 진은영 시인으로부터 전달받은 '아름다운 세계를 만들기 위한 투쟁', '아름다우면서도 정치적인 시를 쓰기 위한 분투'를 전하고자 했다.

신나리 시집『울프 노트』에 실린 〈시인의 말〉이 인상 깊어요.

정한아 저희 부모님이 만났다 헤어지기를 반복하는 동안 동생이 띠동갑으로 태어났어요. 제게는 굉장히 각별하고 애틋하죠. 〈시인의 말〉에 나오는 이십 년 전은 실질적이거나 물리적인 의미의 위협이 있었다기보다는 심리적으로 곤궁한 시기였어요. 위태위태한 시절에 저는 제가 동생을 돌보고 있다고 생각했지만, 사실은 돌보는 일을 통해 제 마음을 돌보기도 했고 동생이 저를 돌보아 주기도 했던 것 같아요.

신나리 〈시인의 말〉은 '내 동생을 괴롭히는 자는 처참한 대가를 치르게 된다.//얼굴에서 웃음기가 싹 가신 이들에게 이 시집을 바친다.'라는 말로 끝이 납니다.

정한아 실제로 제가 동생을 위해 누군가를 응징하거나 복수하지는 못하겠지요. 그렇지만 저는 말로 뭔가를 표명한다는 것에 각별한 의미가 있다고 생각해요. 지금은 말의 인플레이션 때문에 사람들이 말과 말의 힘을 잘 믿지 않고 있잖아요. 그 결과, 만일 믿었더라면 효력을 발생시켰을 것들의 효력이 굉장히 옅어졌다는 생각이 들어요. 시 자체가 아마 그런 것이겠지만요. 말의 인플레 속에서 살아남으려는 안간힘 같은 것.

신나리 말에 대해 생각하는 과정이 시를 쓰는 과정과 연결되는 것인가요?

정한아 시를 쓰는 건 말로 할 수 없는 것을 말로 해야 하는 작업이니까요. 물론 지금 느끼고 있는 것을 어떤 말로도 담아내지 못할 것이라는 속 깊은 회의는 있어요. 시인이라면 누구나 가지고 있지 않을까 생각해요.

신나리 깊은 회의에도 불구하고, 느끼는 것을 말로 표현해 내려고 애쓰는 과정이 시 쓰기겠네요.

정한아 제가 학생들에게도 자주 쓰는 비유인데요, 시는 연애편지 같은 거라고. 내가 어떤 사람을 비밀스럽게 좋아하고 있고 그 사람은 아직 내가 좋아한다는 사실을 모르고 있는데 그걸 처음 밝히려고 연애편지를 쓰기 시작할 때 느끼게 되는 곤혹스러움 같은 것이 시를 쓸 때도 있는 것 같아요. 아무리 써도, 이런 방식으로 써보고 저런 방식으로 써봐도, 다 보여줘도 '아니야, 이게 아닌데, 아직 모자란데, 이걸로는 안 되겠는데.'라는 생각이 들죠. 그래서 늘 안간힘을 쓰게 되는 것이죠. 쓰고 나면 실패한 것 같고, 어떤 의미에서는 실패할 수밖에 없고요. 그렇지만 또다시 실패하기 위해서, 결과적으로는 실패하게 되겠지만 또 쓰는 과정인 거죠.

신나리 시 쓰기의 과정이란 너무 고통스러운 것 아닐까 하는 생각이 드네요. 특히 시인님의 작품 속에는 어떤 것에 골몰하고 화를 내고 계속 의심하는 사람이 등장하잖아요.

정한아 사서 피곤하게 산다?(웃음) 저는 어떤 것을 너무 믿고 싶어서 그것에 대해 많이 생각하다가 역설적으로 의심을 하게 되는 것 같아요. 만약 어떤 종교를 가진 사람이 있다면, 그는 신이 있다고 믿음으로써 믿음을 획득하게 되는 것이 아니라, 신이 없다면 얼마나 유감스러울까 하는 생각 때문에 신에 대해 계속 의심하다가 어떤 믿음을 획득하게 되는 것이죠. 신이라는 것이 어떤 형상이고 어떤 요소들로 이루어져 있는지는 모르겠지만, 뭔가 세계를 좋은 방향으로 끌고 가는 존재가 있을 것이라고 믿고 싶어서 끊임없이 신에 대해 생각하고 의심한다는 생각이 들어요. 제 경우엔 인간에게는 선한 의지가 있다는 생각을 너무 믿고 싶었던 것 같아요. 사람들의 마음속에 양심의 조각이 하나씩 있어서 발아시키기만 하면 잘되어 나갈 수 있다고 끊임없이 믿으려고 노력했던 거죠. 그래서 힘들었던 것 같기도 해요.

신나리 시집 『울프 노트』는 론 울프의 고통스러운 삶의 기록으로 가득 차 있습니다. 그는 첫 시집의 작품 〈론 울프 씨의 혹한〉에서 처음 등장한 인물인데요. 작품 속의 론 울프라는 인물에 대해 이야기해 주세요.

정한아 저는 시에 '나는'이라고 쓰는 것이 좀 부끄러워요. 그래서 처음에는 '나'라고 썼다가 '그, 그녀, 너'로 바꾸어 버리는 경우가 많아요. 혹은 실제의 나와 합쳐져서 읽히면 시가 시처럼 안 읽히고 자전적인 무엇인가로 읽힐 수 있을 것 같아서 일부러 약간 가공하기도 하고요. 론 울프 씨는... 약간 창피하지만, 부분적으로는 제 얘기였겠죠. 또 론 울프 씨는 제가 오랫동안 생각하고 있었던 어떤 사람의 모델이기도 했어요. 머릿속으로 궁굴리고 있었던 어떤 사람을 밖으로 빼내어 몸을 입혔을 때 론 울프 같은 사람이 될 것이라고 생각했죠.

유나바머의 선언문인 『산업사회와 그 미래』를 읽고 자퇴한 친구가 있었어요. 도대체 유나바머라는 인간이 뭐길래, 그 친구를 4학년 2학기에 자퇴하도록 만들었을까 궁금했죠. 그래서 저도 그 책을 두어 번 반복해서 읽었는데, 유나바머의 고독을 이해하지 못할 바가 아니라는 생각이 들었어요. 꼭 유나바머라기보다, 론 울프는 엄청나게 고독한 사람을 의미해요. 남들에게 따돌림을 당해서가 아니라 스스로 고독을 자처한 사람이요. 이 세계의 모든 것이 내 몸에 맞지 않는다고 느끼는 사람, 이 세계에 나는 아무래도 속해있는 것 같지 않다고 느끼는 사람이요. 그리고 이러한 생각을 공유할 만한 사람이 없기에 혼자 자기를 유폐시켜 버리게 되는 사람이죠.

신나리 유나바머의 이야기가 알레고리로 읽히셨던 건가요.

정한아 유나바머는 기술의 진보가 인간을 망치는 주범이라고 생각하고, 그러한 자기의 생각을 담은 선언문을 실어주지 않으면 폭탄테러를 하겠다고 언론사를 협박했어요. 결국 지속적인 테러 이후에야 선언문이 실리고 유나바머라는 인물과 그의 선언문을 많은 사람들이 알게 되었죠. 그 비극적인 사태가 어떤 알레고리처럼 여겨졌어요. 따로따로 혼자 유폐되어 있는 사람들은 그렇기 때문에 위협적이기도 하거든요. 어떤 의미에서는 일베 같은 것도 시작은 그런 사람들의 우연한 모임일지도 모른다고 생각해요. 정치적 올바름 여부와 관계없이 그 고독감은 보편적인 현상이 되었다고요. 커뮤니케이션이 계속 발달하면 할수록 진짜 자기와의 대화를 잃어버리는 역설들이 속속 생기는 거죠.

신나리 작품 속의 고독은 두 가지로 읽혀요. 인간이라면 자신의 영혼을 응시하는 고독의 시간을 가져야 한다는 이야기와, 어쩔 수 없이 고독하게 되어 유폐되어 버린 사람들의 이야기요.

정한아 앞서 말씀하신 고독은, 내가 그 고독과 친밀해져서 나의 깊은 속에서 우러나오는 의지, 희망하는 것들, 증오하는 것들을 숙고해 보고 느껴보고 표현해 보는 게 가능해지는 고독이죠. 방 안에 혼자 있는 게 혼자 있는 것이 아니게 된 지금의 상태에 대해서 사회적으로 유감스러운 면이 있다고 생각해요. 예를 들어 페이스북에 '나 잘살고 있다, 행복하다, 맛있는 거 먹었다, 좋은 데 갔다 왔다.'라는 걸 끊임없이 표명하면서, 실제로는 결핍에 시달리고 있는 사람들이 많잖아요. 사실은 행복의 내용을 내 식으로 구성하기 전에, 쉽게 접근할 수 있는 세계가 알려준 피상적인 행복의 내용으로 하여금 자신의 삶을 검열하도록 부지불식간에 허용하게 된 것인데요. 끊임없는 비교 의식을 통해 상대적 박탈감이 병처럼 자기를 잠식하기 시작할 때, 반성적인 재구성이 개입하지 않으면 건잡을 수 없는 이기성 같은 것이 일반화된다는 생각이 들어요.

신나리 작품 속에서도 실제 삶에서 만나는 타인에 대한 관심이 느껴져요. 수찬이와 수찬이의 형 아니면 김태희 씨 같은 인물들이요.

정한아 제가 좀 일방적으로 사람들을 좋아하는 것 같아요, 표현을 안 하니 당사자들은 모르지만요. 수찬이나 김태희 씨는 동네에 살거나 친구가 사는 동네에 갔다가 우연히 본 사람들이에요. 사람들을 사랑하고 싶은데 제게 너무 가까이 다가와 있는 사람들로부터는 일그러진 형상을 자주 보게 되니까, 실질적으로 관계를 맺고 있지 않은 사람들에 대한 애정을 표현하면서 제 양심을 편안하게 하려는 수작을 부리고 있는지도 모르겠어요. 실제로 저와 거리가 있는 사람들은 부분이 아니라 전체로 그리고 순간적으로 보이기 때문에, 그 사람들과 그 사람들의 좋은 점에 대해서 애정을 가지고 이야기할 수 있는 것 같아요.

신나리 작품 속에는 여동생과의 관계부터 먼 이웃들과의 관계까지, 다양한 사람들이 등장해요. 시인님께서 상상하고 계시는 공동체 같은 것이 있나요.

정한아 저는 대학에 들어갈 때, '이야! 드디어 나는 빨갱이가 될 수 있어!' 하고 기뻐했어요. 제가 고등학교 때 읽었던 문학책들이 모두 80년대 시와 소설들이어서, 저는 아직도 사람들이 민주화를 위해서 분노하고 투쟁하고 사회의 불합리한 부분에 대해서 열심히 정의감을 불태우고 있는 줄 알았어요. 학교에 들어갔더니 이미 운동권은 지리멸렬해 져서 망해가고 있었고, 동기들은 전부 서태지 콘서트에 가거나 미팅을 하러 가더라고요. 마이너가 된 학생회에서 활동하면서, 저는 그래도 나와 결이 맞는 사람들과 같이 있다고 스스로를 위로하고 있었어요. 그때 내가 생각했던 공동체라는 건 정의로운 사람들의 공동체였거든요. 대학 생활을 그런 식으로 하다가 나중에 문득 저 안에서 나에게 나쁜 짓을 했던 사람도 정의로운 공동체를 꿈꾸고 있었다는 걸 깨닫게 됐어요. 학생회 안에서의 성추행이라든가 정치적으로 올바르지 못한 운동권들의 작태들을 보면서 공적인 신념과 개인의 실천을 분리해서 살고 있는 사람들이 저지르는 어떤 것들이 있다고 알게 되었죠. 그 사실에 한동안 굉장히 분노했었어요.

신나리 그렇다면 그 시기 이후에 공동체에 대한 생각의 변화가 있었겠네요.

정한아 리처드 로티가 쓴 『우연성, 아이러니, 연대』라는 책을 읽으며 전회를 겪게 됐어요. 전통 철학에서는 공적인 것과 사적인 것이 언제나 통합되어야 한다고 이야기해요. 훌륭한 사람은 공적으로 훌륭하고 사적으로도 훌륭할 것이라는 생각이죠, 그의 취향까지도요. 리처드 로티의 획기적인 주장은 굳이 그것을 통합할 필요가 없다는 것이었어요. 네가 마르크스주의자더라도 나보코프의 『롤리타』를 읽을 수 있으며, 네가 맛보는 음식의 맛이 너의 신념과 관련되어 있지는 않다는 게 위안이 되었어요. 제가 보고 느꼈던 실망감과 절망감을 약간 상쇄해 주는 게 있었거든요. '내가 아주 경직된 믿음을 가지고 있었구나. 내가 사람들에게 너무나 일관되기를 심리적으로 요구하고 있었구나. 그리고 나도 그 사실 때문에 힘들었구나. 나 자신에게도.' 그렇게 사람들에게 좀 관대해지고, 사람들의 다양성과 차이에 의미를 두게 되기까지는 정말 오랜 시간이 걸렸어요.

신나리 근래 가장 마음이 가는 공동체의 유형은 어떤 것인가요.

정한아 박사 논문을 쓰면서 크로포트킨이 쓴 책을 읽었어요. 이 사람은 원래 아나키스트였어요. 간략하게 이야기하자면 크로포트킨의 아나키즘적 공동체는 일종의 조합들의 확장 같은 것이에요. 중세 시대 유럽의 소방관 조합은 한 사람이 죽으면 나머지 사람들이 죽은 사람들의 가족들을 책임져 줬대요. 저는 그렇게 친밀한 이웃들의 범위가 넓어진 형태를 상상해요. 문제는 그게 순진하지 않냐는 거겠죠. 저 사람도 나와 같은 사람이기에 우리는 서로 잘해줄 수 있다는 믿음이 공유되기 시작하고 그러한 사람들이 실제로 늘어난다면, 제가 상상하는 공동체가 아주 불가능할 것이라고 생각하지 않아요. 우리가 가까운 사람들에 대해 연민을 느끼고 그 연민을 확장해 온 것이, 근대와 현대까지의 역사라고 생각해요. 60년 전에는 흑인이 인간이 아니었고 100년 전에는 여성이 인간이 아니었지만 점점 더 확장된 결과, 이제 우리는 동물에게까지 연민을 확장해 나가고 있잖아요. 그러한 연대성에 저도 넓게 동의하고 있어요. 하지만 미운 사람들은 항상 밉죠. 또 깨우쳐야 되는 것과 냅둬야 되는 것과 또 때려야 되는 것이 있죠.(웃음)

신나리 여성주의로 세상을 보다 보면, 세상의 많은 문제들이 남자 때문에 일어나고 있다는 생각을 하게 되잖아요. 남자들과 분리되는 공동체에 대한 상상은 어떻게 생각하세요.

정한아 제가 가장 페미니즘적이라고 생각하는 문구는 버지니아 울프가 『자기만의 방』에서 후반부에 "성을 의식하도록 만든 모든 사람들이 비난을 받아야 합니다"라고 썼던 마지막 부분쯤이에요. 저는 이 부분이 '나는 미래에는 자기의 성이 어떤 것인지 의식하지 않고 살 수 있는 미래가 오기를 바란다, 그런 미래가 있을 것이라고 믿는다.'라는 뉘앙스로 해석된다고 생각했습니다. 내가 남잔지 여잔지 괘념치 않고 살 수 있는 세상, 내가 이성애자인지 동성애자인지 시스젠더인지 트랜스젠더인지 생각하지 않고 살 수 있는 세상, 내가 계속 그것을 생각하도록 강요하지 않는 세상이 저는 페미니즘적인 미래라고 생각해요. 자기가 남자가 되고 싶은데 여자인 사람도 있고, 남자들 중에서 자기가 여자라고 생각하는 사람도 있죠. 생물학적 성을 기준으로 생물학적 남성과 분리되는 공동체를 상상하는 것은 페미니즘적 공동체라고 생각하기 어려워요. 너무 폐쇄적인 것 같고요.

신나리 내가 나로서 인정받는 미래를 상상하시는 거네요.

정한아 저는 고등학교 졸업할 때까지 제가 남잔지 여잔지 별로 크게 고민하지 않고 살던 사람이었어요. 아버지랑 살았던 시간이 길었는데, 아버지는 저한테 '너는 딸이면 말이야, 여자가 말이야.' 같은 얘기를 한 번도 하지 않았기 때문에 의식하고 살았던 적이 없었죠. 그런데 대학에 들어가니까 선배들이 '오 여학생이다! 여학생이야! 근데 마르크시스트야. 신기한데?' 하고 반응하는 거예요. 철학과에는 여자가 별로 없었거든요. 이상했어요. '왜 날 이렇게 별나게 대하는 거지?'라는 생각을 많이 했고 그

걸 떨쳐 버리기 위해 애썼어요. 술자리에서 음담패설을 하면 처음에는 되게 불편했지만, 나중에는 '난 남자야, 남자야.' 하고 버티면서 한술 더 뜨는 이야기를 하기도 했죠. 그러다 4학년 때 불문과 수업에 들어갔는데 남자가 하나도 없고 다 여자더라고요. 첫 수업 발표를 맡았는데 발표를 하다가 너무 무서워서 울었어요. 나중에 과방에 돌아와서 이런 일이 있었다고 말했더니, "그거 내가 고등학생 때 여학생으로 가득 찬 버스 탔을 때 받았던 느낌이었다."라고 얘기를 하더라고요. '대체 내가 어떻게 된 거지? 어떻게 되어가고 있는 거지…'라는 생각이 들었어요. 그렇다고 해서 내가 여자를 성적으로 좋아하고 있는 것은 아니었거든요. 그래서 '나는 아무래도 여자 옷을 입고 있지만, 마음속에는 남자를 좋아하는 남자가 있는 모양이야.'라고 생각하기 시작했죠. 꽤 오랫동안요. 그래서 연애를 할 때는 남자랑 연애하면서도 그 남자가 여자에게 요구되는 것들을 나에게 바라면 굉장히 화를 냈어요.

신나리 만약 제가 대학에서 남자들만 가득한 철학과에 들어가게 됐다면 바로 도망쳤을 것 같아요.

정한아 대체로는 재밌었어요. 개성적인 사람도 많았고 독창적인 생각을 하는 사람도 많았거든요. 물론 우울한 일들도 있었고 그래서 심리 치료도 받으러 다니고 했지만, 지나고 나서 생각해 보니 거기서 얻은 게 굉장히 많았다는 생각도 들어요. 그러나 이상하고도 아쉽고도 내가 여자이기 때문에 그럴 수밖에 없다고 생각되는 지점은, 지금까지 연락하는 대학 때 친구들이 거의 없다는 거예요.

신나리 삶의 어떤 지점들에서 페미니즘을 공부하고 페미니스트로 정체화하게 되셨는지 궁금해요.

정한아 페미니즘을 진지하게 공부해 본 적은 없어요. 제가 대학을 다니던 90년대 중반은 많은 담론들이 들어와서 폭발하던 시기였어요. 여성학을 전공하지 않더라도 여성학이 대학 교양에 포함되어 있었죠. 어떤 관심들이 솟아나고 자유롭게 펼쳐지던 시기였어요. 내가 페미니스트인지 아닌지 고민할 필요 없이 문화적으로 섭취하고 고민할 수 있었던 시기였고 다양한 사유 실험이 가능했던 시절이었죠. 제가 페미니즘적인 문제의식이랄까에 골몰하게 된 건 97년도에 어학연수를 다녀오면서부터예요. IMF 터지기 직전에 아주 운 좋게 캐나다에 어학연수를 갔는데 홈스테이 파더가 게이였어요.

신나리 첫 시집 〈시인의 말〉에 나오시는 분이군요!

정한아 이 집에 들어가게 된 여학생은 제가 처음이더라고요. 집에는 게이 친구들과 이성애자 남학생들만 있었거든요. 거기 한 일본인 학생이 있었는데 쇼비니스트였어요. 심지어 한국에서 기생관광 가이드를 하던 사람이라 한국 여자를 보면 위안부와 기생만 떠올리던 사람이었죠. 그래서 그런 말들을 심심찮게 저한테 했고 그런 얘기를 들으면 온몸이 떨려오는데, 저는 표현을 잘 못하는 사람이었기 때문에 되게 소심하게 "어, 무섭네?", "무섭다, 너." 하고 나직하게 말하곤 했어요. 그게 다른 사람들이 생각하기에는 뭔가 엄청난 조롱처럼 느껴졌나 봐요. 그래서 희한하게도 홈스테이 파더가 저를 페미니스트라고 생각하기 시작했어요.

어느 날, 그 아저씨가 한국 같은 터프한 페미니스트 마켓에서 너는 살기 힘들 거라면서, 조언을 해주겠다고 밴쿠버 신문의 칼럼 기사를 오려서 전해줬어요. 남성들에게 공격적인 여성들에 대해 주는 조언이었죠. "당신은 남성들이 쓸데없는 자잘한 일들을 도와줄 때마다 '날 무시하는 거야?'라고 생각하겠지만, 남자들은 그냥 그리 생겨 먹었으니 이용해라. 당신은 왜 쓸데없이 당신이 하이힐을 신고 짧은 치마를 입어야 하냐고 항변하겠지만, 남자들은 그냥 그런 거 좋아하니 이용해라. 너는 적극적으로 하이힐을 신고 짧은 치마를 입고 머리를 기르고 섹시한 분위기를 풍기면서 사람들에게 약한 척을 해라, 그걸 통해서 이득을 취하는 게 너의 삶에 훨씬 이득을 준다." 너무 충격적이었어요. 이 아저씨가, 자기도 불이익을 당하면서! 아저씨는 자기 정체성이 자기를 불리하게 만들까 봐 턱수염을 기르고 있었거든요. 자기 스스로 불이익이 두려워 평생 고통을 겪어야 했던 사람이 나에게 그런 칼럼을 충고라며 준 게 모욕적이었죠. 아저씨와 살면서 겪었던 일들과 이성애자 남학생들과의 분란 같은 것들이, 나중에 한국에 돌아와서 나의 그 이전의 삶을 돌아보게 했어요. 캐나다에 가기 이전의 삶을 돌아보게 했죠.

신나리 캐나다 가기 이전의 어떤 시간들을 돌아보게 되셨나요.

정한아 학교에서 형, 동생들과 남자 형제처럼 재밌게 지내고 있었을 때 나는 정말 재밌었을까. 그렇게 살기 위해서 난 뭘 포기했던 걸까. 왜 난 다 웃어넘겨야 했던 걸까. 그런 생각들을 계속하게 됐죠. 실제로 2학년 무렵에 아주 나쁜 일이 있었어요. 생각하면 너무 괴로워서 없었던 일처럼 하고 살았어요. 다른 활동을 더 열심히 하면서 제 분노 에너지를 다 해소하려고 했었죠. 그런데 늘 머릿속으로는 살인 시나리오를 그리고 있었어요. 언제 어디서 기다리고 있다가 뭘 사용해서... 이런 식으로요.

또 캐나다에서는 10대 여자아이가 브래지어도 안 하고 짧은 탱크톱에 짧은 핫팬츠를 입고 롤러브레이드를 타고 가도 아무도 안 쳐다봤어요. 그게 주는 해방감, 너무나 자유로웠죠. 거기에 가서야 내가 늘 시선 속에 옥죄어 있었다는 사실을 분명히 알게 됐어요. 그러다 IMF가 터져서 한국에 돌아왔는데 아무것도 변한 게 없는 거죠. 미쳐버리지. 한국에 돌아와서 학교에 올라가는데 히스테리 마비가 왔어요. 그냥 굳어서 움직일 수 없는 상태가 됐어요. 15분 정도 움직일 수 없어서 가만히 서 있었는데, 표정도 내 마음대로 지을 수 없고 팔다리도 안 움직이고 계속 울고 있는데 왜 우는지도 모르는 상태로 있었죠. 내가 지금 정상이 아니구나 싶어서 학생 상담실에 찾아갔어요. 심리검사를 하고 일주일 후에 찾으러 갔어요. 학생 상담실이 감당할 수 없다며 외부 센터로 보내더군요. 운 좋게 좋은 상담사를 만나 주기적으로 상담을 받았어요. 그러면서 해결되지 않고 있었던 곪은 갈등을 쓰라리지만 인정했어야 했어요.

신나리 자기만의 고독을 감당하고 있는 사람들에게 전하고 싶은 이야기가 있다면 말씀해 주세요.

정한아 일단 용기를 갖는 게 중요해요. 고독을 감당한다는 것은 용기가 필요한 일이어서요. 플라톤도 용기가 일종의 구원이라고 이야기한 적이 있어요. 갑자기 완벽한 체제가 이뤄진다든가, 나의 삶이 전면적으로 변화될 뭔가가 나타난다든가, 그런 게 구원이라고 생각하기 마련인데, 실은 용기 자체가 구원이라고요. 저는 그 말이 일리 있다고 생각해요. 또 내가 어떤 사람으로 구성되어 나갈 것인가를 생각해 보면요. 외부에서 오는 사건이나 사태의 충격도 우리의 삶에 영향을 미치기 마련이지만, 그것을 어떻게 받아들이고 어떤 방식으로 소화하고 어떤 방식으로 화학작용을 일으킬 것인가는 이미 내가 가지고 있는 태도와 부합하는 결과라고 생각하거든요. 그럴 때 용기가 필요하다고 생각해요.

신나리 마지막으로, 2016년 문단 내 성폭력 이후에도 시를 계속 읽어보고자 하는 문학 독자들에게도 전하고 싶은 이야기가 있다면 말씀해 주세요.

정한아 한국 문학은, 생각해 보면 오랫동안 섹스에 집착해 왔다고 생각해요. 일제 강점 시기부터 일관되게 왜 그렇게 섹스 얘기를 많이 쓰는지 이해가 안 가는 부분이 있어요. 이런 말이 약간 조심스럽긴 하지만, 식민지 문제도, 전쟁 문제도, 각종 사회적 모순에 관한 현실주의적 관점에서도 그렇지만 실존주의적이거나 모더니즘적인 자기 반영에 이르기까지 작가들이 복잡한 문제를 복잡하게 다층적으로 제기하다가도 자주 성관계를 전면화함으로써 문제를 손쉽게 해소하려 했던 것 같은 인상을 지울 수 없어요. 말하자면, 이념적이고 실존적인 주제로 시작한 문제를 결국 섹스로 해결하거나 해소하면서 이것이 또한 현실의 알레고리거나 비유거나 상징이라고 변명해 왔지만, 어떤 면에서 그것은 일종의 태만이 아니었나 생각하게 되는 것이죠. 저는 이게 반드시 남성 작가 개인의 문제라고 생각하지는 않습니다만, 불가피하게 남성 작가의 수가 압도적으로 많았고 가부장적인 관점의 한계 속에 있었으니까요. 성적 대상으로 아니면 어머니나 누이로 여성의 표상이 축소된 채로 예술 텍스트 속에서 재생산되어 온 데에는 그 같은 태만한 상투성과 오랜 가부장주의적 전통이 결합한 결과라고 할 수 있지 않을까 싶어요.

90년대 중반 이후에는 여성 작가들이 많이 늘어나고 실제로 순문학 독자들을 많이 얻기 시작했는데 당시 제가 목격했던 것은 중년 남성 비평가들의 특정 여성 작가들에 대한 지지와 호응이었어요. 대개 그들은 자기가 바라는 여성상을 그려주는 여성 작가들에게 지지와 호응을 보냈죠. 처량하고 불쌍하고 어머니 같거나 누이 같은 짠한 여성들. 그러한 여성들에 대한 동정심과 후일담 소설은 얽혀 있고, 그로부터 소위 진보 진영 문학은 상처를 봉합할 반창고를 얻었던 것 같아요.

저는 텍스트에 '실제로' 집중하고 그것을 읽어낼 수 있는 독자들이 많이 생겨나기를 기대해요. 매체, 방식, 소재들도 많이 변화해서 이제는 여러 종류의 작품들이 생산되고 있는 것 같지만, 실제로는 정말 그렇지는 않다는 생각이 들거든요. 자기가 정말 진지하게 생각하고 있고 누가 보기에 좀 이상하게 생각될지도 모른다는 위험을 감수하더라도 정말 고독하게 집중해서 써낸 작품들이 많이 나왔으면 좋겠어요. 아마 어딘가에서는 작가들이 늘 하고 있을 거라고 생각해요. 그러니 그걸 세밀하게 읽어 내줄 수 있는 독자들이 있으면 좋겠다고 생각해요.

전에 강좌에서 김수영의 〈죄와 벌〉을 어떻게 생각하냐는 질문을 받았을 때 약간 유보적으로 생각해야 할 부분이 있다고 답변한 적이 있어요. 당시 저는 문단 내 성폭력 이슈에 골몰하고 있었고, 실제로 김수영이 젠더적 감수성이 뛰어났다고 할 수는 없으니까요. 그런데 나중에 시간이 지나고 돌이켜 보니 좋아하는 시인에 대한 방어로 생각될까 봐 그 질문에 제대로 답변하지 못했다는 생각이 들었어요.

결국 이것이 전부는 아니겠지만, 문학작품에 대한 정밀한 독해의 문제가 개입해 있는 것 같아요. 작품을 아주 꼼꼼하고 면밀하게 살펴보고 거기서 얻는 매력이나 혹은 논란의 여지가 많은 부분들에 대해서 작가의 견해와 자신의 견해를 견주며 비교해 보는 일, 또한 오늘날에 어떻게 해석될 수 있는가를 생각해 보는 일이 필요할 텐데요. 덧붙여 김수영의 〈죄와 벌〉은 그다지 뛰어난 시가 아니에요. 자신의 '지질함'을 굳이 써서 남기면서 자기 자신에 대한 쪽팔림을 기억하도록 남겨둔 그의 태도의 윤리성은 당대 어떤 다른 작가들보다도 돋보이지만, 그보다 먼저 '여편네를 우산대로' 때리는 사건이 안 일어났더라면 더 좋았겠죠. 하지만 역설적이게도 그 시가 없었다면 그 사실은 없었던 것이 되었을 테니까, 뒤집어 보면 자기의 삶을 작품으로 쓰지 않은 많은 작가들은 허심탄회하지 않았기 때문에 비난받을 여지가 애초에 없지 않겠어요? 그는 '나 좀 봐, 얼마나 지질한 사람인지'가 주제인 시를 공들여 썼지만, 그 주제 자체가 어떤 의미에서는 매우 자기중심적이었기 때문에(윤리란 종종 자기 양심에 위안을 주기 위한 장치가 되니까요) 결국 그 지나친 자기중심성이 그 작품을 태작으로 만들었다고 저는 생각합니다만, 아무튼 태작을 전부로 귀속시켜 목욕물과 함께 아이까지 버리는 식으로 처리하면, 살아남을 수 있는 작가는 아무도 없을 거예요. 그러니 자세히 꼼꼼히 읽어주었으면 좋겠다. 왜냐면 많은 쓰는 사람들은 '지금, 여기'의 현실과 의식과 상상 속에서 최대한 정밀하게 쓰려고 노력하기 때문에. 그리고 발견되기를 항상 기다리고 있거든요.

한창 문단 내 성폭력이 이슈가 됐던 와중에 미모사 연작을 송고하게 되었어요. 조심스러웠어요. 작품에 들어있는 표현들에 대하여 어떤 사람들은 오해할지도 모른다는 걱정이 들었거든요. 그렇지만 내 마음의 불편함을 견디고 작품을 보내야 된다는 일종의 책임감을 느끼고 있었어요. 만약 보내지 않는다면 독자들을 바보 취급 하는 것이나 마찬가지라는 생각이 들었거든요. 그래서 나리 님이 미모사 연작에 관해 쓰신 글 읽고 기뻤어요. 말할 수 없는 고통은 말할 수 없지만 시는 말하지 않은 것도 읽힐 수 있는 것이니까요. 연애편지는 때로 난해하고 횡설수설하고 장고 끝에 악수를 두기도 하고 장황하거나 지나치게 축약되어 있게 마련이지만, 그것은 분명 사랑에서 나온 것이니까, 사랑에서 나오는 것이라면, 마음을 다해서 읽어주시기를. 물론 재미없는 것들을 재밌게 읽으라고 강요할 수는 없는 거고요. 저도 한 사람의 독자로서 보다 재밌고 똑똑한 작품들이 나왔으면 좋겠다고 생각해요. 쓰는 사람으로서의 저는 충분히 그렇게 못하고 있어서 늘 유감이네요.(웃음)

김이듬: 세상에서 가장 아름다운 호흡

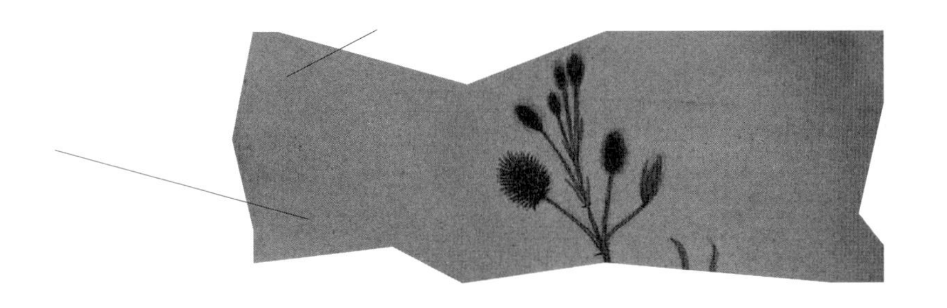

신나리 자유롭게 자기소개 부탁드립니다.

김이듬 저는 경남 진주에서 태어났어요. 어린 시절에 부모님이 이혼하셔서 부산에 있는 할머니 댁에서 대학을 졸업할 때까지 살았어요. 아버지가 아프셔서 진주로 다시 돌아갔다가, 이후에 전공을 독문학에서 국문학으로 바꾸고 진주에 있는 대학원을 다녔어요. 비가 주룩주룩 오는 날 서점에서 『포에지』라는 잡지를 발견하고 시 50편을 투고해 문단에 등단하게 됐어요. 『포에지』의 첫 신인으로 등단하면서 그곳의 심사 위원이었던 황현산 선생님과 김혜순 선생님을 만났죠.

신나리 김이듬은 필명이시고 원래 성함은 김향라이시죠.

김이듬 『포에지』에서 첫 신인을 배출하면서 모던하고 낯설게 다가갈 수 있는 젊은 시인을 원했어요. 제 본명에 '향'이라는 중간 음절이 굉장히 클래식하잖아요. 저는 이름을 바꾸고 싶지는 않았는데, 출판 관계자분들이 다 바꾸라고 권유를 하시더라고요. 고민을 해보다가 나는 지금 등단을 하지만 아마 살아생전엔 아무도 나를 모를 것 같고 죽어서야 유명해질 수 있겠다 싶어서, 현생은 됐고 미래라는 의미를 담으면 어떨까 생각하게 됐죠. 진주에 가면 논밭을 한 번 매고 계절이 좋으면 논밭을 거듭 한 번 더 활용하는 걸 이듬매기라고 불러요. 또 이듬해라는 말 역시 미래라는 의미를 담고 있죠. 필명을 안 짓겠다고 버티고 있을 때, 황현산 선생님이 김고금이라는 이름을 하나 지어 주셨어요. 오래될 고 자에 금지하다의 금 자인데, 뜻은 좋은데 김고금이라고 하면 너무 이상한 거예요. 그래서 제가 버릇없이 술 먹고 선생님께 전화해서 김고금 안 한다고 막 뭐라고 했거든요. 그 다음부터 제가 전화하면 안 받으시더라고요.(웃음)

신나리 올해 황현산 평론가님도 세상을 떠나셨지요.

김이듬 올해는 제가 좋아하는 사람들이 다 세상을 떠났어요. 이승훈 선생님, 황현산 선생님, 그리고 어제 허수경 시인이 떠났죠. 허수경 시인이 돌아가셨다는 이야기를 듣고 새벽에 호수에 가서 그냥 투신자살을 할까 생각도 했어요. 허수경 시인은 같은 진주 출신이고요. 베를린 자유 대학교에서 제가 파견 작가로 6개월 정도 있을 때 허수경 시인 신세를 많이 졌었어요. 언니가 집에 김치 담가 놓은 거 내가 다 먹고, 언니랑 같이 시장에 가 토마토 묘목을 사서 화분에 심기도 했죠. 언니가 너랑 진주 사투리로 말하니까 너무 좋다고, 너 여기 더 머물다 가면 안 되냐고 했었어요.

신나리 자주 해외를 돌아다니시다가, 올해는 일산에 책방을 내셨어요.

김이듬 원래 저는 한 군데 오래 있으면 미쳐버릴 것 같은 느낌이 들거든요. 그래서 '이곳에 나는 장기간의 여행을 와 있고 책방에서 아르바이트를 하고 있다'라고 생각하기로 했어요. 책방을 하면서 우연히 만난 좋은 사람들로부터 많은 걸 배우고 있어요. 인간이 아름다운 존재라는 걸 느껴요. 책방에 오시는 분들끼리 서로 친해져서 음식도 나누어 먹고 함께 놀러도 가면서 자유로운 공동체가 형성됐어요. 우연히 만나게 되는 좋은 친구들 그리고 작가들과 이야기하는 시간을, 어딘가 마음을 기댈 수 있는 곳을 사람들이 기다려왔던 것 같아요. 어제는 책방 회원들끼리 스파게티를 한 솥 삶아 먹었어요. 저는 먹기 싫어서 혼자 라면도 안 끓여 먹는 사람인데 남을 위해서 음식을 하는 사람이 된 거죠. 또 책방에 문학청년들이 와서 앉아있으면 제가 뭐라도 해주고 싶어요.

신나리 잡지 『페이퍼이듬』의 창간도 준비하고 계시지요.

김이듬 『페이퍼이듬』은 기존 판의 틀을 깨고 문단 권력에 대항하는 시도예요. 한국의 문학 잡지 중 남자 편집 위원이 없는 잡지는 없어요. 99퍼센트가 주관이 남자죠. 남자만 하라는 법 있나요? 우리는 편집 위원이 다 여자예요. 잡지에는 시, 초단편소설, 에세이, 기획 특집이 실릴 예정이에요. 작품들의 경우 등단과 비등단 여부를 가리지 않고 투고를 받았어요. 작가들 프로필에도 등단 연도와 수상 경력을 기재하지 않을 예정이고요. 기획 특집에서는 국경이라는 경계를 해체하고자 해요. 다른 나라에 이민 가거나 입양 보내진 사람들의 작품을 실을 예정이에요. 그 사람들은 한국어를 몰라요. 해외에서 생존하게 하려고 부모들이 그들에게 한국어를 안 가르쳤거든요. 기획 특집의 작품들로는 영어 시와 번역한 한국 시가 실릴 예정이에요. 저는 『페이퍼이듬』 출간으로 비등단 작가들에게 숨 쉴 구멍을 만들어주고 싶어요. 왜 꼭 등단해야 하는지 다시 생각해 보자는 거죠.

신나리 한국 문학판의 등단 제도를 어떤 지점에서 다시 생각해 봐야 할까요?

김이듬 해외를 돌아다녀 보면, 한국처럼 시인과 시인 아닌 사람을 구분하는 데가 잘 없고 '너 등단했어?' 이렇게 물어보면 미친 사람 취급을 받아요. 해외에서는 자기가 시를 써서 조그만 출판사에서 인쇄하여 친구들한테 나누어 주거나 동아리로 모여 자기가 쓴 시를 사람들과 돌려 보면 시인이에요. 모두가 그를 시인이라고 인정해 주고 자기도 '나 시인이야.'라고 말해요. 한국에서는 등단 안 한 친구들이 자기를 '문청이에요, 습작생이에요.'라고 말하잖아요. 등단 제도는 출판사와 심사 위원을 위한 거예요. 자본주의 매커니즘인 거죠. 등단으로 출판사는 특집호를 내서 팔아 돈을 벌고 심사 위원들은 심사비를 받아요. 또 문창과의 교수들은 월급을 받죠. 저는 항상 등단 제도에 대한 회의가 있었어요. '그럼 나는 이미 등단했는데 등단을 파기해야 하나?' 하고 생각해 보다가 라이선스가 없으니 그건 불가능하다고 생각했고, 대신 저부터 조금씩 달라져야겠다고 생각했죠.

신나리 시집 『표류하는 흑발』에는 여성의 목소리가 많이 등장해요.

김이듬 제 시 속의 페르소나는(시적 화자) 남성일 때도 아이일 때도 있고 성 정체성이 모호한 경우도 있어요. 사람이 아닌 다른 존재일 때도 있고요. 〈투견〉에서는 주인한테 버림받고 도살장으로 끌려가는 개가 되고 〈세이렌의 노래〉에서는 세이렌이 되죠. 그렇지만 제가 여성이기 때문에 작품 속 페르소나는 여성인 경우가 많아요.

신나리 작품을 통해 여성이 겪는 사회적 문제에 대해 많이 이야기하시지요. 이때 사용되고 있는 상징인 '치마'는 어떤 의미인가요.

김이듬 시 〈내 치마가 저기 걸려 있다〉의 경우, 제가 위안부 할머니들에 관해 많이 생각하던 시기에 쓰여졌어요. 당시에 할머니들도 치마를 입었을 텐데, 할머니들에게 치마가 벗겨진다는 것이 어떤 의미였을까 생각했죠. 저는 그때의 치마는 잃어버리기 쉬운 여성의 소유물, 찢어지기 쉬운 생명이라고 생각했어요. 남자들이 원하면 언제든 부술 수 있는, 여자라는 존재에 둘러 씌워진 아주 허술한 사회적 막이라고 생각했죠. 한편 치마는 긍정적인 의미에서 생명을 은닉하거나 보호할 수 있는 오브제라고도 생각해요. 마치 영화 속 게릴라군들이 어딘가에 치는 텐트처럼요.

신나리 시집에는 다른 나라 여성들의 상황에 관한 이야기도 많이 나와요.

김이듬 시 〈행복한 음악〉에는 가엘(Gaëlle)이라는 친구 이야기를 썼어요. 그 시에는 '행복한 사람은 없었다'라는 문장이 반복적으로 나오죠. 가엘은 한국 나이로 다섯 살에 프랑스 파리로 입양되었고, 좋지 않은 양부모

밑에서 모국어를 못 배우고 자랐어요. 커서 파리 사람과 결혼했는데 가정 폭력 문제로 이혼을 하게 됐고요. 지금은 로맹 롤랑 도서관의 사서로 일하며 아들 둘을 키우고 있어요. 그런데 가엘이 원해서 그런 삶을 산 건 아니거든요. 국가라는 이데올로기 속에서 추방된 거죠. 추방된 여성의 이야기를 하고 싶었어요. 왜냐하면 저도 버림받은 사람이기 때문이에요. 친연성이 있죠. 저는 그런 사람들의 이야기를 듣는 걸 좋아하고 또 그리워해요. 언젠가 한 번은 가엘과 같이 차를 타고 가는데 가엘이 갑자기 불어로 막 욕을 하는 거예요. 왜 그러냐고 물었더니 미안하다면서 잠깐 소리 좀 질러도 되냐고 하더라고요. 한국에서 다른 나라로 입양된 사람들이 그곳에서 다 잘 살면 마음이 덜 쓰일 거예요. 그렇지만 죽지 못해 사는 사람들이 있기 때문에... 생각하면 걱정도 되고 보고 싶고... 사랑해요, 제가.

신나리 작품으로 공감하고 만나게 된 친구들이군요.

김이듬 AWP(Association of Writers & Writing Programs)라는 프로그램에 초청받아 간 적이 있어요. 그때 〈물류센터〉라는 작품을 낭독했는데, 끝나고 어떤 한국 사람처럼 생겼는데 한국어를 하나도 못 하는 사람이 와서 울면서 네 시는 내 이야기 같았다고 하는 거예요. 그 시는 보육원에 있다가 미끄럼틀을 타고 내려왔는데, 물류센터 트럭에 실려 어떤 나라로 수출된 존재에 대한 이야기거든요. 그 사람이 우는데 '아, 시도 눈물을 흘리게 하는구나. 내 시도.'라는 생각이 들더라고요. 전에 경주에서 시 낭독을 한 적이 있는데 웬 한남이 와서 이게 무슨 시냐고, 추잡하다고 그래서 난리가 난 적이 있어요. 한국에서 맨날 시가 야하다, 더럽다는 얘기를 많이 들어서 저는 항상 기가 좀 죽어있었거든요. 그런데 미국에서 만났던 그 독자의 반응을 보고, 대다수에게 제 시는 교과서적이지도 교훈적이지도 삶의 희망을 주지도 않겠지만, 극소수에게는 공감이 생기는 시라는 걸 알게 됐죠. 그러한 사람들과 보이지 않는 유대감을 가지고 있다는 데 제 나름의 책임감을 가지고 있어요.

신나리 힘든 사람들끼리 만나면 더 힘들어지지 않나요. 유대감과 책임감을 어떻게 지킬 수 있나요.

김이듬 제가 가엘의 이야기를 쓰지 않으면 그러한 존재가 이 세상에 있었다는 걸 아무도 모르잖아요. 저는 가엘을 기억하고 씀으로써 우주 어딘가에 가엘이 살았었고 하루하루 살려고 노력했다는 것, 그녀가 혼혈아인 자기 자식 두 명을 위해서 일을 했다는 것을 증명하고 싶어요. 그러한 존재들이 모여서 세상이 돌아가는 것이라는 걸 제가 배워가고 있거든요. 물론 패배한 사람들끼리, 슬픈 사람들끼리 만나면 더 힘들고 괴롭고 우울해지죠. 그래서 그런 사람들을 피하고 싶은 마음도 생기고요. 저도 그런 과정을 겪었고 그런 모임에 안 가게 되기도 했어요. 그렇지만 제가 글을 쓰기 때문에, 글을 쓰는 존재로서의 자기 약속이 있어요. 저는 저한테 '너는 그렇게 하면 좋지 않겠어?' 하고 자꾸 되물어 봐요. 문학을 한다는 것은 그러한 마음까지 끌어안고 담을 넘어가려는 시도인 것 같아요. 극복이나 초월은 아니고 포월인거죠.

신나리 작품 속에는 친구들뿐 아니라 적들도 많이 등장해요.

김이듬 저는 한국 문단에 연줄도 없고 빽도 없고 친구도 별로 없어요. 한국이 싫어서 외국에 강사를 지원해서 나간 적이 많아요. 나중에 생각해 보니 제가 적이라고 생각했던 사람들은, 제가 애정이 있었기 때문에 실망한 사람들이긴 하더라고요. 또 두 번째 시집 『명랑하라 팜 파탈』(2007)을 내고 나서는, 시집에 대한 반응이 안 좋았고 시집을 빌미로 남자 시인들이 불쾌한 장난도 많이 쳤어요. 문단 행사에 제가 찾아가면 팜 파탈이 우리를 잡아먹는다는 둥의 이야기를 하고요. 남자 선배 하나가 재떨이를 가지고 오라고 해서 제가 선배를 발로 찬 적이 있거든요. 그 일을 가지고 남자 선배 전부를 때렸다는 구설수를 만들기도 하고요. 사람들은 팜 파탈하면 남자를 유혹하는 꽃뱀을 생각하잖아요. 제가 생각한 팜 파탈은 욕 많이 먹는 여성들이에요. 잘나서 욕 먹고, 책 많이 읽는다고 욕 먹고, 대든다고 욕 먹고, 호락호락하게 밥상 안 차린다고 욕 먹는 여자들을 모두 묶어서 '욕 먹는 여자들이여, 힘내자.'라고 말하고 싶었는데 너무 길어서 '명랑하라, 팜 파탈'이라고 한 거예요.

신나리 시인님은 스스로 팜 파탈이라고 생각하세요?

김이듬 저는 중세에 태어났으면 어디 언덕에서 불태워졌을 거예요. 길어서 불에 오래 탔을 거예요. 장작이 많이 필요했을 것 같아.(웃음) 저는 페미니스트예요. 대학 졸업반 때부터 운동권으로 좀 뛰었을 때는 강성 페미니스트였어요. 이제는 나이가 들고 기력이 약해져서 약간 온화해졌죠.

저는 지금 꼴페미 친구들이 잘하고 있다고 생각해요. 마음으로 응원하고 있고요. 저는 삶 속에서 문화 속에서 조금씩조금씩 실천해 나가려고 노력하고 있어요. 차별하지 않고, 조금 더 평등하게 하고, 포용해 나가면서도 말해야 할 때는 정확히 말을 하고요.

저는 소수가 선동하는 것이 아니라 다 같이 의논하고 서로 존중하면서 나아가는 것이 페미니즘 운동이라고 생각해요. 누구는 페미니스트고 누구는 페미니스트가 아니라고 나누는 것이 아니라, 자기 자리에서 무엇인가 해 나가는 사람들을 존중해야 한다는 거죠. 집안에서 남편과의 평등을 위해 싸우는 주부도 페미니스트고 직장 내에서 남성 동료, 상사와의 평등을 위해 싸우는 직장인도 페미니스트거든요. 또 인간과 세계에 대한 기본적인 애정이 담보된 상태에서 책임감을 가지고 장기적으로 운동을 해 나가는 게 페미니즘 운동이 지향해야 할 바라고 생각해요. 재작년에 있었던 문단 내 페미니즘 운동도 문제의식을 가지고 다시 논의할 필요가 있어요. 당시에 문청 여자애들만 다 자기 이야기를 끌어내고 정작 작가들은 조용했잖아요. 도대체 문단 안으로 들어오지도 않은 애들만 펑펑 터뜨려서 어떻게 하겠다는 거예요? 그 일로 지금 등단 못 하는 애들도 많아요. 이슈를 터뜨리거나 잠깐 치고 빠지면 안 되죠. 또 희생자들에 대해 책임을 져야 돼요. 이미 등단한 작가들이 폭탄을 메고 문단 안에서 내파를 해야 돼요. 그렇게 문단 내 작가들의 문제를 들추어야죠. 운동을 하려면 신념을 가지고 장기적으로 해야 해요. 자기의 전 세계를 걸고요.

신나리 한국의 문단은 유독 남성 중심적이기도 하고요.

김이듬 한국에 유명한 남성 작가들 많죠. 교보문고 베스트셀러가 되기도 하고, 커다란 강당의 많은 사람들 앞에서 강의를 하기도 하고요. 한국 문단의 권력을 그런 남자들이 다 잡고 있죠. 한국의 민주주의 투사인 양 기세등등한 남성 작가들 모두 여자를 밟고 선 사람들이에요. 집에 가서 자기 엄마한테 밥상 집어 던지면서 '반찬이 이게 뭐야! 나는 바깥에서 큰일하고 왔는데!' 이런 사람들이 99퍼센트죠. 많은 사람들이 그런 시인들하고 친하게 지내고 싶어해요. 국내 일류 비평가라는 사람들은 그런 시인들의 작품을 칭찬하고요. 다 가부장적 작품들이에요. 면밀하게 작품을 읽지 않고 그런 작품들에 수십 개의 상을 주죠. 우리는 바로 여기에 살고 있는 거예요. 그걸 알아야 해요. 아는데 버티는 거죠. 끼리끼리 뭉치고 패거리 만드는 데 가지 않고 저는 그냥 여기서 보고 있어요. 책방에 동네 할아버지나 주민들 오는 거 좋아하고 같이 놀고 있죠. 이게 제 나름의 문화 운동이에요. 어떤 사람들은 시인이 시는 안 쓰고 장사한다고 욕을 하지만, 저는 시인도 구루마 장사하는 사람, 나이트클럽 하는 사람, 공사장에서 인부 하는 사람 있어도 된다고 생각해요. 시인이 무슨 벼슬도 아니고, 시인이면 다 출판사 해야 되고 다 대학교수 해야 하는 게 아니니까요.

신나리 시인님 작품이 페미니즘 문학으로 해석될 때가 많은데요.

김이듬 지금까지 몇백 편을 썼지만, 시를 쓸 때 '나는 페미니스트야, 나는 여성이야.' 하고 써본 적은 단 한 번도 없어요. 페미니즘을 구축하거나 어떤 생각을 전달하기 위해서 쓴 적은 없죠. 제 피 속에 흐르는 것이 시로 나온 거고, 제 마음속에 들끓는 것이 시로 나왔을 뿐이죠. 또 시라는 것은 세상에 던져 놓은 이상 제 것이 아니잖아요. 독자들이 퇴폐주의라고 해도 페미니즘이라고 해도 상관없어요. 읽는 사람들의 능력, 취향일 뿐이죠. 저는 그냥 쓰이는 대로 쓸 뿐이에요. 시 쓰면서는 자유로울 수 있기 때문에 시를 쓰는 거고요.

신나리 시를 쓸 때는 어떤 기분인가요?

김이듬 물론 괴롭죠. 그렇지만 고통과 쾌락이 같이 있어요. 물속에서 아무리 숨을 오래 참아도 결국은 물 위로 떠올라야 하는 것처럼, 저는 호흡을 하기 위해 시를 쓰는 것 같아요. 생활이 물속이라면 시를 읽고 쓰는 것은 물 위로 올라 호흡하는 일이죠. 시를 오래 안 쓰고 있으면 내가 지금 살아있긴 한 건가 하는 생각이 들어요. 시를 쓸 때 진짜 살아있는 걸 느끼거든요. 시를 쓰지 않으면 병이 날 것 같을 때가 있어요. 시가 아니면 저는 벌써 누군가를 죽였을지도 모르고 시가 아니면 자살했을 수도 있어요. 시가 이 세상에서 제일 나에게 아무것도 안 주지만 모든 것인 느낌일 때가 많아요. 시를 쓸 때는 완전히 혼자인 내가 나를 대면해서 나의 피와 땀과 생리혈과 콧물과 눈물로 그냥 밀고 나가는 느낌이에요. 쩔쩔매면서 흘리는 느낌이에요. 나의 가장 바닥으로 들어가 보는 느낌이 들고요. 그러다 보니 내가 생각했던 이야기나 어휘들이 나오게 되는 거죠. 그래서 제 시는 여성의 글쓰기로 갈 수밖에 없는 것 같아요. 누군가는 논문을 읽다가 시를 쓰기도 하고 철학 속에서 시를 쓰기도 하는데, 사실 저는 철학이 없어요. 그냥 '나는 이거 아니면 아무것도 아니다'라는 생각으로 써요.

허수경은 1964년 진주에서 태어나 여러 편의 시집과 산문집을 남긴 한국의 여성 시인입니다. 허수경 시인은 2018년 10월 3일 독일 뮌스터에서 생을 마감하였습니다. 우리의 인터뷰는 바로 그다음 날인 10월 4일에 진행되었는데, 김이듬 시인님께서는 소식을 듣고 많이 놀라고 힘든 상태였음에도 불구하고 인터뷰에 함께해 주셨습니다. 양해를 구하여 김이듬 시인님의 목소리로 허수경 시인에 대한 이야기를 들었습니다.

신나리 괜찮으시다면 허수경 시인에 대한 이야기를 들려주실 수 있나요.

김이듬 기사에 쓰여진 것과 달리, 허수경 시인은 고향에 계신 병든 어머니와 어머니를 돌보는 남동생과 서울에 사는 언니가 있어요. 허수경 시인은 한국이 싫어서 떠났어요. 그렇게 시 잘 쓰는 시인에게 한국 문단은 큰 상 하나 안 주려고 했죠. 모국어에 대한 미학을 잃었다고 상에서 떨어뜨린 적도 있고요. 너무 서럽고 분노가 이는 일입니다. 허수경 시인은 배고픈 사람에게 요리해 주는 것을 좋아했던 사람이에요. 그래서 남자 시인들이 착취하려고 했었고요. 그러나 무엇보다 허수경 시인은 뼛속까지 작가였던 사람이에요. 자신의 작품을 위해서라면 모든 것을 포기할 수도 있는 사람이죠.
제가 세상에서 가장 좋아했던 시인이고 이해할 수 있었던 사람이에요. 제가 유일하게 언니라고 부르는 사람이죠. 허수경 시인은 인간적으로 놀라운 사람이었어요. 그 사람이 자기를 어떻게 해칠지 모른다고 해도 당장 자기 앞의 사랑에 투신할 수 있는 사람이었죠. 결국 그 사람이 자기를 해치더라도 계산 없이 자신의 감정에 진실한 사람, 멋있는 것 같아요. 저도 그렇게 살고 싶어요.

신나리 이야기를 듣다 보니, 허수경 시인님이 이듬 시인님과 비슷하다는 생각이 드는데요.

김이듬 저는 하수고. 언니는 고수예요.(웃음)

진 은 영 : 아 름 답 고 정 치 적 인 페 미 니 스 트

신나리 제게 늘 시인님의 작품은 사랑하는 연인에게 보내는 편지처럼 느껴집니다. 이토록 끝없이 연서를 쓰시는 이유는 무엇인가요.

진은영 내가 사람들을 사랑하기가 힘들어서 그런 시들을 썼던 것 같아요.(웃음) 누군가를 만나면 그 사람의 문제점과 인간적 허약성 때문에 고통받는 일이 많잖아요. 그래서 그 사람을 혐오하게 되기도 하고요. 아마 그건 그 사람의 사랑스러운 구석을 발견하지 못해서 그런 것일 텐데… 제게는 한 사람의 영혼 속 사랑스러움이 좀 먼 곳에 있는 것처럼, 꽁꽁 숨겨져 있는 것처럼 느껴질 때가 많아요. 먼 곳에 있는 사람, 가닿지 않는 연인에 대한 편지를 씀으로써 내가 발견하지 못한 사랑스러운 영혼에 대해 계속 환기하려 했던 것 같아요.

신나리 왜 그것에 대해 환기해야 한다고 생각하세요?

진은영 일단은 전혀 사랑스럽지 않다고 생각했던 사람들에게 매우 사랑스러운 부분이 있다는 것을 발견한 경험들이 있고요. 또 현실은 시인이 아름다운 시를 쓸 만큼 늘 그렇게 아름다운 것은 아니잖아요. 굉장히 누추하죠. 그런데 그 누추한 것 속에서 불현듯 아름다움을 발견하는 게 시인인 것 같아요.

최근에 송경동 시인의 시집 중 〈시인의 말〉에서 '우연히 오게 되었지만…. 이 세상은 참 아름다운 곳이다'라는 글귀를 읽고 무척 감동했어요. 송경동은 가장 척박한 노동 현장에서 소외된 사람들과 함께 싸우는 사람이잖아요. 늘 그런 곳에 있으면서 세상이 아름답다고 말하는 건 아이러니이지요. 그런데 생각해 보면 시인이라는 존재들은 그 희망을 버리지 않기 때문에 시를 쓸 수 있는 사람들인 것 같아요. 그래서 아마 어떤 존재에 대한 사랑의 열망을 버리지 않는 게 아닐까, 살기 위해서. 고백하자면 나는 사람들이 사랑스러워 못 견딜 것 같은 마음을 갖고 살아가는 사람은 아닌 것 같아요.(웃음)

신나리 작품 속에서 사랑하는 사람을 부를 때 혹은 노동하는 사람을 일컬을 때 '아가씨'라는 시어가 자주 사용되고 있습니다. 우리 사회나 일상에서 아가씨라는 단어는 때 묻은 채로 사용되곤 하는데요. 왜 굳이 이 시어를 자주 사용하시는지 궁금합니다.

진은영 낡고 때 묻은 단어들을 시적인 공간으로 가져와서 새로운 느낌을 주는 일에 관심이 많았어요. 시를 배우는 곳에 가면 우정, 사랑 같은 단어들은 관념적이면서 낡은 단어이기에 사용하지 말라고 하거든요. 저는 그런 단어들을 시 안으로 끌어오려고 했던 것 같아요. 또 편향적으로 쓰이고 있는 단어들의 느낌을 깨고 흐트러뜨리는 게 시인의 역할이라고 생각했어요. '아가씨'라는 단어는 마초적인 느낌을 줄 때가 많은데, 저는 여성 시인이잖아요. 여성 시인이 그 단어를 쓸 때 주는 느낌은 어떤 것일까 하는 궁금증이 있었어요. 여성 시인이 그 단어를 쓸 때 만들어내는 역전의 감각을 실험해 보고 싶었고요. 그 묘한 자장을 좀 즐기기도 했고요.

신나리 작품에 '가슴'이라는 시어도 자주 등장하잖아요. 특히 이 시어는 남성 시인들에 의해 관습적인 방식으로 굉장히 많이 사용되어 왔죠. 이 시어 역시 구출이 가능하다고 생각하셨던 건가요.

진은영 음, 그랬으니까 많이 사용했겠죠. 나는 딸이 셋이고 막내가 아들인 집의 장녀거든요. 아버지가 삼대독자인데 어머니가 딸 셋을 연달아 낳아 집안에 고부갈등이 많았어요. 그래서 여성이라는 것과 여성의 신체성에 대해 생각을 많이 했어요. 시 속에서 여성의 신체는 항상 대상화되지 여성의 눈으로 응시하거나 이 신체가 얼마나 아름다운지에 대해 이야기하는 경우는 드물잖아요. 그래서 그 작업을 시 속에서 해보고 싶었던 것 같아요. 가슴이라는 건 특히 관능성을 갖고 있는 부분이기 때문에, 남성들에 의해 대상화된 방식으로 많이 쓰이잖아요. 저는 여성이 여성의 신체에 대해 아름답게 쓰는 일이 필요하다고 생각했던 것 같아요. 여성이든 남성이든 자기 성의 신체에 대해 말하는 일이 주는 독특성이 있지요. 앨런 긴즈버그(Allen Ginsberg)의 〈니일, 젊은 애인의 죽음〉이라는 동성 애인의 죽음을 슬퍼하는 여덟 줄짜리 짧은 시가 있거든요. 앨런 긴즈버그는 스무 살도 안 된 청년이었던 애인이 죽은 이후에, 그 죽음을 슬퍼하면서 그의 육체의 부분들을 다 호명하는 시를 썼어요. 근육과 탄탄했던 엉덩이 그리고 성기까지 얘기하면서 그 모든 것이 다 잿더미가 되어버렸다고 쓴 시가 있었는데, 저는 그 시가 참 좋았어요. 죽음에 대해 말한 다른 많은 작품들 중에 그 작품이 특별히 인상적이었던 이유는, 시인이 같은 육체를 가진 사람의 죽음에 대해 이야기했기 때문이에요. 그 느낌이 너무나 강렬했거든요.

신나리 여성이 여성의 신체의 관능성과 아름다움에 대해 이야기해서 그런지, 작품 속 말하는 사람의 성별 혹은 섹슈얼리티가 모호하게 느껴지는 경우가 많아요. 시인님께서 작품의 퀴어함에 대해 어떻게 생각하고 계신지 궁금해요. 그리고 퀴어들에게 뜨거운 사랑을 받고 있다는 것을 아시는지도 궁금해요.(웃음)

진은영 음, 그건 전혀 몰랐고요. 앞서 이야기했던 어린 시절의 마음 때문에 항상 남학생들에 대한 경쟁심을 가지고 있었어요. 어떤 종류의 성적인 대립의 감정을 느꼈던 거죠. 성적인 대립의 감정이 존재를 각성하게도 하지만 존재를 부자유하게도 하잖아요. 성차를 확정하고 대립시키는 일의 필요를 알고 있었고 의식하고 있었지만, 한편으로는 이걸 흐트러뜨리는 작업을 해보고 싶은 마음이 있었어요. 섹슈얼리티를 모호하게 만드는 일에 관심이 많았던 거죠. 다른 이유로는 역시 이성애 중심주의에 대한 거부감 때문이죠. 모든 사랑이 긍정되어야 하는데 우리가 사랑을 얘기하면 남녀의 사랑만 이야기하잖아요, 그 와중에 이성애 아닌 사랑을 하는 많은 사람들의 존재는 비가시화되고요.

신나리 시인님의 작품을 읽으면 뚜렷한 삶의 비극이 보여요. 시인님께서는 왜 삶의 비극과 그로 인한 불행, 슬픔에 마음을 두게 되시는지 궁금해요.

진은영 시인으로 살고 철학을 전공했으니 삶이 그렇게 안정적이고 평탄했던 것은 아니지만, 그래도 어떤 의미에서 나는 뻔한 삶을 살고 있는 사람이라는 생각을 항상 해요. 그래서 나의 삶 말고 세계에 펼쳐져 있는 다양한 삶의 결을 알아보고 싶은 마음이 있어요. 제 마음이 이끄는 대로 끌려가는 거죠.

신나리 작품에서 직접적이고 긴밀한 관계를 맺고 있지 않은 사람들에 대한 애정과 연민이 느껴져요. 사람들과 함께 살아가는 '공통감각'에 대해 이야기해 주세요.

진은영 몽고족들이 유럽에 진출했을 때, 어떤 마을에 가서 사람들을 죽여 놓고 널빤지로 덮은 다음, 그 위에서 자기들끼리 식사를 했다는 이야기가 있어요. 사실 확인이 안 될뿐더러 유럽인들의 동양인 혐오가 드러나는 이미지죠. 그렇긴 하지만 저는 이 이미지가 우리가 사는 자본주의 사회를 잘 보여준다고 생각해요. 이 사회에서는 누군가 밑에서 죽어가고 있는데 내가 그 위에서 만찬을 벌이고 있다는 느낌을 받아요. 이 끔찍한 풍경을 머릿속에서 지워버리기 위해서, 모든 사람들이 편안한 만찬의 이미지를 상상하곤 해요. 그러면 그 아름다운 이미지 하나를 위해서 아주 작은 일이라도 해야 된다는 생각이 들게 되죠.

신나리 가까운 관계를 맺고 있는 사람들에 대해서는 어떻게 느끼세요. 전에 김행숙 시인을 인터뷰하신 글을 읽은 적이 있어요. 시인님께 친구들이란 어떤 의미인지도 궁금하네요.

진은영 문단 활동을 그리 열심히 하지는 않았고 다른 작가들을 거의 만나지 않고 지내지만. 문단의 친구들은 내게 새로운 세계를 일깨워 주는 사람들이었어요. 같은 나이고 비슷한 시기에 등장한 미래파로 묶이긴 하지만, 김행숙 시인의 시 세계와 제 시 세계는 다른 점이 있잖아요. 김행숙이 보여주는 시적인 세계가 내게 친근해서가 아니라 새로워서 참 매력적으로 느껴졌어요.

물론 자주 만나는 친한 친구들도 있어요. 그런 친구들은 가족 같은 친구들이에요. 나는 일반적으로 가족에게 얻는 보살핌을 친구들에게 다 받았어요. 저는 20대 때부터 많이 아팠어요. 급히 응급실에 가야 하는데 엄마, 아버지가 안 달려오면, 혼자 어떻게 하기가 어려운 상황이잖아요. 그럴 때면 친구들이 응급실에 데려다주고 옆을 지켰어요. 그 친구들이 없었으면 나는 죽었을 거예요. 많이 아팠기 때문에 누군가의 배려와 도움이 항상 필요한 상태였는데 친구들이 다정하고 살뜰하게 도와줘서 살았던 것 같아요. 정말 친구들이 소중해요.

신나리 저는 처음 시인님을 뵈었을 때 정말 짓궂은 사람이라고 생각했고 그게 너무 재밌었어요. 작품 속에서도 시인님 특유의 위트와 시니컬이 느껴져요. 위트와 시니컬을 자랑해 주세요.

진은영 저는 작품에서만 좀 위트가 있는 사람인 것 같아요. 현실에서는 하나도 안 재밌거든요. 제가 유일하게 사람들을 웃길 때는 제가 엄청나게 심각하고 진지할 때예요. 내 유머는 내가 의도할 때는 하나도 발휘가 안 되는데 내가 가장 진지하게 말하는 순간에 사람들을 웃기는구나, 그런 느낌. 그런 것도 나쁘지는 않죠. 사람들이 웃으니까.(웃음)
시니컬한 면이라고 한다면, 나는 작은 목소리로 무시무시한 얘기를 하는 사람 같아요. 사람들과 모여 있을 때에도 가만히 있다가 조용한 목소리로 과격한 얘기를 해서 상황을 얼음으로 만드는 재주가 있어요. 어떤 순간에 나도 모르게 의도하지 않은 파열을 내는 바람에 스스로도 곤란함을 느낄 때가 많아요.

신나리 작품 속에는 스스로에 대한 시니컬함 혹은 지긋지긋함도 느껴져요. 시인님이 스스로에게 어떤 감정을 느끼시는지 궁금해요.

진은영 작은 일을 해도 자부심이 크고 스스로를 너무 대단하게 생각하는 사람들이 있잖아요. 그런 사람들이 다소 연극적으로 느껴져요. 혹시 내가 그런 종류의 자기기만에 빠질까 봐 두려운 마음이 들곤 해요. 그런 건 우스꽝스럽잖아요. 과도하게 연극적인 사람들을 아름답지 않다고 생각하는 그 마음 때문에, 남들이 좋게 평가해 줘도 제 스스로는 별것 아닌 것처럼 생각하고 마는 태도를 갖게 된 것 같아요.

신나리 저는 자기를 좋아하는 마음과 자기를 경계하는 마음의 균형을 맞추기가 무척 어려운 것 같아요. 스스로를 경계해야 한다는 생각을 자주 하다 보면, 자신에게 너무 가혹해지지 않나요.

진은영 네, 가혹한 것 같기도 하네요. 예전에 동료 시인이 이런 이야기를 하더라고요. 상을 받으면 신나고 기쁘기보다는 '아, 내가 너무 엉망은 아니구나' 이런 안도감이 든다고요. 저도 상 받을 때 그 친구가 말한 것과 비슷한 마음이 들었어요. 이런 사람들은 자기에게 좀 각박한 것 같기도 하지만 좋은 점도 있어요. 다른 사람의 평가에 크게 흔들리지는 않는 거죠. 다른 사람의 칭찬에 반응이 격렬하지 않다는 건 다른 사람의 비난에도 지나치게 심각해지지 않을 수 있다는 것이거든요. 그런 의미에서는 자기한테 너그럽다고 할 수도 있고요.

신나리 작품 속에서 본인의 시를 '어릴 적 소풍 가서 먹다 잊은 복숭아 깡통 넥타'의 맛에 비유하셨던 게 기억이 나요.

진은영 그 구절은 복숭아의 맛이 그때그때 다르다는 것이 요지였죠. 시도 그래요. 한밤중에 깨어나서 읽어보면 굉장히 잘 쓴 것 같은데, 대체로 아침에 일어나서 읽어보면 '아, 이것은... 진정한 복숭아 맛이 아닐세' 하는 생각이 들죠. 가끔 '이 복숭아 넥타 괜찮은걸'이라고 생각할 때는 독자들이랑 만나거나 독자가 내 시에 대해 자기가 여기서 공감해서 어떤 마음의 느낌을 받았다고 피드백을 줄 때예요. 그럴 때면 이 소풍에 복숭아 넥타를 갖고 오기를 잘했다는 마음이 들기도 하죠.

신나리 시인님의 시집에는 늘 청춘 연작이 있잖아요. 이번 시집에 실린 청춘 연작을 읽으면서, 이제 시인님께서 청춘 연작을 그만 쓰고 싶으신 것 같다는 느낌을 받았어요. 시인님께 청춘이란 어떤 의미인가요.

진은영 일단 저는 젊은 친구들과 이야기 나누는 걸 좋아해요. 같이 있으면 정신이 자극받는 느낌이 들어요. 지금 재직하고 있는 학교에 오기 전에는 이대에서 강의했기 때문에, 항상 스무 살 친구들하고 같이 있었어요. 시인은 시를 쓸 때 대화하는 가상의 상대가 있어요. 항상 20대에 둘러싸여 살았으니 제게 그 상대들은 다 스무 살들이었죠.
이제 청춘에 대해 쓰지 않게 된 건 청춘이 신체적으로 나와 멀어졌다는 느낌을 받았기 때문이에요. 동료 시인들을 늘 밤늦은 시간에 호프에서 만나다가, 용산 참사가 있었을 때 낮 열두 시에 서울역 광장에서 만난 적이 있어요. 인터뷰가 있어서 각자 자기 이름과 사는 곳을 밝히게 되었는데, 햇빛에 친구들의 머리가 하얗게 드러나서 '아, 얘네들이 나이를 많이 먹었구나' 하는 생각이 들었어요. 우리는 마흔 살이 넘어서도 계속 젊은 시인 소리를 듣고 지냈었거든요. 그래서 스스로를 젊은 시인이라고 생각했던 거죠.
그런데 나의 신체의 변화를 받아들이지 않는 게 내 삶의 어떤 부분을 회피하고 있는 것은 아닐까 하는 생각이 들었죠. 여전히 젊은 시인으로 남아있는 것은 멋지고 기분 좋은 일이고 그럴듯한 일이기도 하니까요. 그럴듯한 포즈를 취하기 위하여 내가 인생에서 일어나는 변화들을 놓치고 있는 게 아닐까. 그럴듯해 보이는 것을 포기하고 나의 새로운 변화에 좀 집중하고 싶다는 생각이 들었어요.

신나리 앞서 시인님께서는 기질적으로 정직한 부분이 있다고 하셨는데, 듣다 보니 기질을 가지고 계신 것뿐 아니라 삶을 정직하게 살아야만 한다는 의무감도 가지고 계신 것 같아요.

진은영 의무감… 제 생각에 이건 취향의 문제인 것 같아요. 저는 지나치게 다른 사람들에게 멋져 보이려고 애쓰는 사람들이 불편해요. 물론 내게도 그런 면이 있죠. 내게 그런 모습을 발견할 때마다 '아, 참 별로다.' 싶은 생각이 들어요.

신나리 흥미롭네요. 저는 사람들에게 그런 욕망을 발견하게 될 때, 그로부터 사람들에게서 어떤 모습을 보게 될 때 되게 웃기고 재밌거든요.

진은영 그건 사실 사랑받고 인정받고 싶어 하는 욕망이잖아요 우린 모두 그런 욕망이 있어요. 그런데 그 욕망이 과도해지는 건 경계해야 할 것 같아요. 저는 시에서는 사랑에 대해 많이 쓰지만 사랑 속에 용해되는 걸 원하지는 않거든요. 인생이 관계로만 환원되기를 원하지 않고, 사랑 속에 용해되고 싶지 않아요. 그런 게 제 시에 어떤 까칠함을 만들어내는 것 같아요. 연애 이야기를 하다가도 행복하지 않은 결말을 맺는 경향이 크거든요.

신나리 사랑 속에 용해된다는 게 어떤 뜻이에요?

진은영 사랑 속에서 자기를 완전히 잃어버리는 것 있잖아요. 엄마가 아이에 대한 사랑 속에 자기를 잃는다던가. 특히 여성의 경우, 너무 관계 속에서 용해되기를 요구받는 위치에 놓이는 것 같고요.

신나리 오랫동안 공부를 하고 시를 쓰셨으니까, 학문과 예술에 대한 믿음의 망을 가지고 계실 것 같아요.

진은영 일반적으로 공부를 계속 안 하게 되는 이유는 전망이 없어서이기 때문이잖아요. 그것에 대해서 저는 좀 자유로웠던 것 같아요. 나는 이게 너무 재밌어서, 그러니까 그냥 한다는 마음이었죠. '이렇게 살면 가난하고 힘들겠지만, 근데 뭐 부자로 사는 것도 별게 있을까'라는 생각이었죠. 현실감각이 없었던 게 공부를 계속하도록 만들었어요. 그냥 좋으니까 힘들어도 계속했던 거죠. 물론 공부 자체에 대한 회의는 있죠. 내가 공부에 갇혀서 세상을 못 보면 어쩌나 하는 걱정이 있고, 그 불안 때문에 내 작업과 세계를 어떻게 연결시킬 것인가라는 고민을 계속하게 되는 것 같아요.

신나리 저는 시인님의 논문 언어가 가진 아름다움에 매혹되곤 해요. 논문 언어와 시 언어 사이를 오가는 게 어려울 것 같은데요.

진은영 문학을 전공한 작가들은 논문 언어에서 시 언어로 금방 넘어갈 것 같지만, 저는 철학을 전공한 사람이어서 그게 쉽지는 않았어요. 그래서 시 언어를 쓸 때 워밍업이 더 필요하기는 해요. 저는 시에 철학의 언어를 가져오고 싶어요. 또 논문이라는 엄격한 학술적 글쓰기 속에 시적인 상황을 두는 것을 너무 좋아해요. 물론 논문 심사 받을 때 굉장히 어려움이

있긴 하지만요, 그래도 해보려고.(웃음)

신나리 얼마 전 〈열린연단〉에서 강연하신 영상을 봤어요. 근래 작업들을 이어 오시는 과정에서 어떠한 질문과 답을 만나셨는지 궁금해요.

진은영 저는 한국상담대학원대학교에서 문학상담을 가르치고 있어요. 자기 상처를 가지고 있는 사람들이 문학과 만나 어떻게 그것을 풀어낼 수 있을지 고민하고 연구하는 작업을 계속 해 왔어요. 그러면서 전문가가 아닌 평범한 사람들의 시 쓰기에 관심을 가지게 되었죠. 또 그동안 사회적인 활동을 하면서, 사회적인 발언을 하는 작품은 탁월함과는 거리가 멀다는 이야기를 듣곤 했어요. 실제로 제 자신도 사회적 활동에 집중할 때는 작품을 쓸 시간이 없다는, 좋은 작품을 쓸 시간은 더 없다는 고민이 늘 있었고요.

내가 예술을 통해서 사람들과 만나는 일을 중요하게 생각하면서도, 그 활동에 불편함을 느끼게 되는 게 왜인지 고민을 했어요. 그 결과 탁월한 작품을 생산해야 된다는 예술가의 관념 때문이라는 생각을 하게 되었고요. 사람들은 좋은 작품을 쓰는 게 중요하지 예술가가 인생을 잘 사는 것은 중요한 일이 아니라고들 하고 저 스스로도 그렇다고 믿었어요. 그런데 어떤 순간에 삶을 제대로 살고 있지 않다는 생각이 들었어요.

이런 생각이 들게 만든 내 안의 관념이 뭘까 생각해 봤는데 그게 탁월성의 관념이더라고요. 〈열린연단〉 강의에서는 영화 〈패터슨〉을 경유해서 예술가를 제작인으로서의 예술가와 행위자로서의 예술가, 이 두 종류로 구분해서 설명했어요. 〈패터슨〉에서 늘 무언가를 아름답게 만들 궁리를 하고 그것을 완성해서 사람 앞에 공개하고 찬사를 받기를 원하는 로라가 제작인으로서의 예술가라면, 시 쓰기의 순수한 기쁨에 만족하는 패터슨은 행위자로서의 예술가죠.
그중 나는 제작인으로서의 예술가로서만 삶을 살았던 거죠. 우리에게는 두 가지 삶을 오가면서 살 수 있는 가능성이 있는데, 항상 나는 제작인으로서의 예술 관념에 묶여서 다른 예술가의 형상을 살고 있지 못하다는 생각이 들어서, 이 자유로운 이동을 가능하게 만들기 위해서는 탁월성의 관념을 먼저 깨야겠다고 생각하게 되었어요. 당시 토론자에게 몇 가지 문제 제기를 받았는데, 그 문제는 내가 글을 쓰면서도 생각했던 것이어서, 앞으로는 그 문제에 대한 답을 찾기 위한 공부를 해보려고 해요.

신나리 '우리들의 시인 최승자에게'라는 시인의 말 때문인지, 시인님을 생각하면 최승자 시인이 떠올라요. 여성 시인으로 살아간다는 것에 대해 그리고 여성의 입으로 목소리를 내는 일에 대해 이야기해 주세요.

진은영 실제로 내가 영향을 받거나 사랑한 시인이 최승자만 있는 건 아니죠. 그런데 최승자를 호명하고 싶은 마음이 있었던 것 같아요. 참 뛰어난 시를 쓰는데, 불행한 시대를 살았고 여성 시인이어서 삶이 더 고단했던 분이거든요. 사실 여성 시인으로 산다는 것이 쉽지 않고 어쩌면 무척 힘든 일이 될 수도 있을 거라는 예감을 만들어 준 시인이기도 해요. 너무 어려운 길을 걸어온 사람이고, 그것 때문에 자신을 가누기 힘들 정도로 고통이 많았던 사람이니까 특별한 존경과 사랑을 받아야 한다고 생각했어요. 개인적으로 최승자 시인을 좋아하는 것뿐 아니라 시집을 통해서 그걸 공적으로 표명하고 싶었죠. 그런 게 필요하다고 생각했고요. 계속 활동해 오면서 저도 여성 시인으로서의 자의식을 크게 가지고 있고요. 여성의 입으로 지적인 목소리를 내는 게 힘들다는 생각을 하게 된 경험이 있어요. 여성들이 감성적인 목소리를 내면 남성들이 그렇게까지 난폭하게 반응하지 않는데, 지성적인 목소리를 내면 못 견뎌 하는 것 같아요. 남성들의 머릿속에는 아직도 '긴 머리 짧은 생각'의 여성에 대한 상이 있기 때문이겠죠. 제가 학술적인 이론서를 낸 적이 있는데, 이름만 대면 알 만한 남성 베스트셀러 작가가 그 책을 거론하면서 제게 지적 허영심이 있다는 말을 했다고 해요. 물론 제 글에 단점이 있을 수 있고 학술서였던 만큼 전공자들이 아니면 이해하기 쉽지 않았을 수도 있죠. 이론적 입장이 다르면 제 글에 대한 반박도 충분히 가능하고요. 그런데 지적 허영심이 보이는 글쓰기라고 말했다는 점이 마음에 걸렸어요. 내가 만약 남성 지식인이었어도 그런 이야기를 했을까, 그들이 시인에게, 특히 여성 시인에게 기대하는 목소리가 따로 있는 건 아닐까 하는 생각이 들었어요. 크게 마음에 둘 일이 아니었는데도, 여성으로서 모종의 목소리를 강요당하는 듯한 느낌을 받았어요.

신나리 문단 내 성폭력 해시태그 운동 이후에, 계속 시를 쓰고자 하는 젊은 여성 습작생들은 좀 난처해진 것 같아요. 지면을 얻고 사람들에게 읽히고 싶어 등단을 준비하는 입장이나, 등단 제도에 반대하여 홀로 시를 써 나가는 입장이나 둘 다 난처해진 것 같아요. 또한 문단 내 성폭력 피해자들과 어떻게 계속 연대해 나갈 것인가에 대한 생각도 계속 있고요.

시인님께서는 문단 내 시인이신데, 젊은 여성 습작생들에게 어떤 얘기를 전해주고 싶으신지 궁금해요.

진은영 지도 학생 중 한 명이 자신이 문학계 성폭력 피해자들에 대한 연대의 표시로 등단을 안 하고자 하는데 어떻게 생각하느냐고 묻더라고요. 그래서 저는 왜 그러냐고 그랬죠. 잘못은 그자들이 했는데, 왜 여성들이 그 자리를 피하냐고. 이 싸움에는 두 가지 전략이 필요하다는 얘기도 했어요. 하나는 들어가서 거기를 바꾸는 작업. 우리가 힘이 미약하기 때문에 들어가서 바꾸는 일에는 실패와 좌절들이 있잖아요. 그렇다고 그걸 포기할 수는 없죠. 그런데 꿈쩍 않는 제도에 대항하다가 오히려 그곳의 논리에 포획되거나 매몰될 수도 있으니 다른 한편으로는 외부에서 다른 방식으로 문학 활동을 이어 나가는 게 필요하다고 생각해요. 물론 글 쓰는 데 등단이 필수적이라고 생각하지는 않아요. 그렇지만 문단을 균질화된 공간으로 상상하는 건 위험해요. 사실 완고해 보이는 영역들에도 많은 구멍들이 있고 변화의 가능성이 있어요. 거기서 불편한 일을 당했을 때 연대가 더욱 활발하게 이뤄져야 한다고 생각해요. 거기는 그냥 썩은 대로 내버려 두고 우리는 다른 데서 뭔가를 하자는 식으로 생각할 필요는 없어요. 그건 가해자들이 원하는 대로 해주는 거예요. 그들을 내보내야지요. 또 등단을 했다고 해서 항상 문단 내에 있는 건 아니거든요. 문단과 적극적인 관계를 맺을 때도 있고 거기서 물러나올 때도 있는 거죠. 이 이중의 가능성을 통해서 자신의 작업들을 열심히 하고, 문단 밖에서의 작업의 흐름을 문단으로 가져가기도 하는 상호작용이 있었으면 좋겠어요.

신나리 시인님께서 최근 어떤 젠더 문제에 관심을 가지고 계신지 궁금하고, 젊은 여성 세대가 가지고 있는 문제의식과 생각에 대해 어떻게 느끼시는지 궁금해요.

진은영 근 몇 년간 무척 아파서 활발하게 이루어지고 있는 담론에 적극적으로 참여하지 못했어요. 그리고 이 문제에 대해서는 아주 조심스러운 마음이 커요. 내가 나랑 다른 상황에 있는 여성들을 충분히 이해하고 있는가에 대한 고민이 크기 때문이에요.
이화여대 본관 시위 이후에 학생들에게 우울증에 관한 강연을 해달라고 해서 간 적이 있어요. 사전 모임에서 본관에 들어갔던 친구들을 열 명 가까이 만났는데, 그 친구들이 공포감이 너무 컸던 때문인지 소속도 이름도 밝히지 않더군요. 또 그간의 싸움의 기록도 모두 폐기했다고 이야기하더라고요. 저에게는 너무 낯선 풍경이었어요. 우리 세대는 항상 자기가 어디에 속해 있는 누구인지 밝히고 왜 싸웠는지를 이야기하고 싸움의 과정을 기록해서 공개하는 게 일반적인 방식이었거든요. 이 20대들은 너무나 훌륭한 일을 했는데... 싸움이 너무 값지고 귀중해 세상에 알려야 한다는 점도 있었지만, 자신의 활동을 사회적이고 공적인 방식으로 위치 짓는 작업을 해야 싸움의 과정에서 얻은 상처가 치유되거든요. 그게 가로막혀 있으니 상처가 계속될 것 같아서 걱정이 되었어요.
당시에는 그 친구들의 반응을 잘 이해할 수 없었는데, 그 이후에 자신의 소속과 신원이 밝혀지게 되면 SNS상에서 굉장한 폭력을 당할 수도 있다는 이야기를 들었어요. 그건 제가 미처 생각지 못한 현실인 거죠. 그것에 대한 피해 감각이 내게 없었기 때문에 당시 그 친구들의 행동이 이상하게 느껴졌던 것 같아요. 일단 선배 세대는 이 친구들이 마주하는 공포의 현실을 이해하는 게 제일 중요하겠죠. 또 이 현실을 어떻게 해결할 것인지 같이 고민해 봐야 할 것 같아요.